프로 한달여행러의

진주 살아보기

「진주가 맛있나」 논쟁

BOOKK

프로 한달여행러의 국내여행 시리즈 1
진주 살아보기 「진주가 맛있나」논쟁

지은이 김지혜
저자 이메일 bnseoul66@gmail.com

발 행 2022년 09월 01일
펴낸이 한건희
펴낸곳 주식회사 부크크
출판사등록 2014.07.15.(제2014-16호)
주 소 서울특별시 금천구 가산디지털1로 119 SK트윈타워 A동 305호
전 화 1670-8316
이메일 info@bookk.co.kr

ISBN 979-11-372-9260-4
값 17,000원

www.bookk.co.kr

*메타버스 이프랜드 정기모임 〈90일 작가프로젝트〉를 통해
발간된 종이책입니다.

프로 한달여행러의
국내여행 시리즈 1

뚜벅이, 혼자 여행자가 국내여행 하는 법

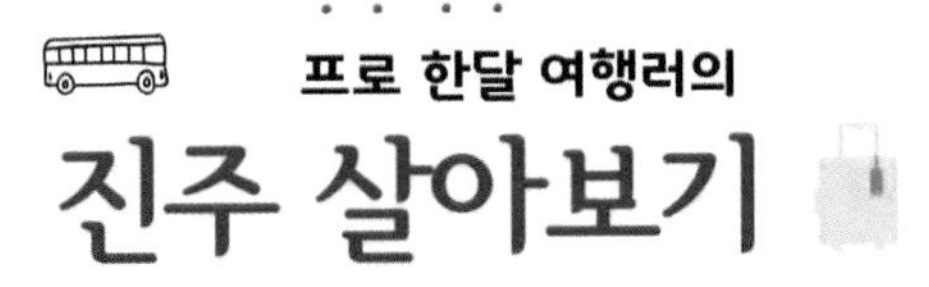

프로 한달 여행러의

진주 살아보기

「진주가 맛있나」 논쟁

부크크 / 김지혜 지음

작가소개

김지혜

인생을 컨트롤 할 수 없다는 것을 이해하기까지

인생은 양자역학 같다. 아무리 똑똑한 사람도 이해할 수 없는 것. 완전히 확실하다고 생각했던 일, 완전히 결정되었다고 생각했던 상황도 막상 열어보면 내가 생각하던 상황이 전혀 아닐 수 있다.

나의 인생처럼 변화무쌍하고 예측 불가능한 것이 무엇이 있던가? 인생을 내 맘대로 컨트롤 할 수 없다는 것을 알기까지는 20대 내내 걸렸고, 30대에는 내 맘대로 할 수 없는 인생을 조금이라도 원하는 방향으로 이끌기 위해 미래만 바라보면서 살았다.

일어날 일은 일어난다.
 어떤 노력을 하든, 어떤 고생을 하고, 얼마나 절박하던지 우리의 운명은 전혀 상관하지 않는다.
일어날 일어난다. 다른 사람들처럼 강박적으로 인생을 내 맘대로 설계하기를 바랬었는데, 인생이 내 맘 같지 않다는 것을 알게 되자 깊은 좌절에 빠졌다.

내일이 없는 것처럼 사는 사람들
 그래서, 돌아오지 않을 여행을 떠났다. 절대 다시는 돌아오지 않겠다는 결심으로. 여행에서 여러 가지 이유로 오늘만 사는 사람들을 만났다. 내일이 없는 것처럼 사는 사람들, 남이지만 걱정되는 사람들을 만났다.
 미래를 위한 투자, 건강관리, 커리어를 잊은 사람들 사이에서 나는 길을 잃었다. 미래만 바라보는 우리의 삶, 오늘만 사는 그들에 삶 사이에서 결론을 내리지 못하고, 몇 년을 헤맸다. 운명은 코로나라는 이름으로 나를 원래의 자리에 돌려놨다.

 우연히 시작된 국내 여행으로 많은 것을 배우고 있다. 국내 여행은 같은 시대를 살아가는 동지들을 만나러 가는 길이다. 국내 여행은 그 어떤 모험보다도 다채롭고, 그 어떤 응원보다도 강력한 힘을 가졌다. 어떻게 여행하느냐에 따라 여행은 모험이 되기도 하고, 위안이 되기도 하고, 새로운 에너지원이 되기도 한다.
 이러한 여행의 마법을 나누고 싶은 꿈을 꾼다.

저를 소개하는 데이터 대신에 짧은 글로 작가소개와
머리말을 대신합니다.

김지혜
블로그: blog.naver.com/wwis2
인스타그램: www.instagram.com/ollebn/
Email: bnseoul66@gmail.com

지자체 문화 관광과 담당자님들께

저는 국내 여행을 사랑하고, 국내 여행지를 거의 가본 적 없는 백지 같은 '프로 한달 여행러'입니다. 혼자 여행하고, 뚜벅이로 대중교통을 이용해서 여행합니다. 지역의 인프라를 백분 활용하고, 영혼까지 열심히 여행합니다. SNS 홍보를 넘어 지역별로 책 '낼' 여행작가입니다.

몸값이 올라가거나, 한 두 살 더 먹고 세상이 시큰둥해지기 전에 초대 부탁드립니다. 먹여주고 재워주는 게 어렵습니까?

온 세상에서 우리가 가장 잘 이해할 수 있는, 우리가 살고있는 이 세상의 구석구석을 소개하고 싶습니다.

지역의 스토리 텔링, '프로 여행러'를 쓰시는 것이 정답입니다.

※ 진주 음식들

* 진주 호텔들

* 남은 삼천포 이야기

뚜벅이,

혼자,

여자,

프로 한달 여행러의

진주 여행기

진주 여행을 시작하게 된 이야기

여행 블로그를 거의 2000년 초반부터 아주 오랫동안 운영해왔습니다. 대부분 해외여행 이야기를 담았습니다. 제주로 이사 오고 나서는 제주 이야기도 많이 다뤘습니다. 여행 이야기와 제주 이야기를 써온 저는 국내에는 가보지 않은 도시가 너무 많습니다. 가본 도시가 너무 적다는 말이 맞습니다.

전에는 국내 여행의 매력을 몰랐습니다. 등산하고 절 가고 맛있는 것을 먹는 여행은 심장이 뛰지 않는 기분이었습니다. 이제는 익숙한 문화 속에서 보호 받으면서, 입맛에 맞는 음식을 먹으면서 하는 여행의 여유를 압니다. 아무래도 20대 때에는 뭔가 강렬한 에너지를 분출하지 않으면 안 되나 봅니다.

코로나가 주춤해지면서, 각 지자체들이 여행 활성화 프로그램들을 내놓고 있습니다. 그중 진주 여행 프로그램 〈여:기 쉼표 행:복 찾아, 진주〉 여행 프로그램에 참여하게 되었습니다. 이 여행이 저를 국내 여행의 매력에 빠지게 만든 첫 여행이었습니다. 국내 여행은 제주도 정도만 제외하고는 혼자 여행하는 사람이 매우 적고, 뚜벅이 여행을 하는 사람도 적습니다. 해외여행 같은 모험을 기대하지도 않습니다. 그러나, 여행은 멀리 있지 않습니다. 떠날 준비, 세상을 들여다 볼 마음만 준비되어 있으면 됩니다.

일주일 동안의 진주 여행이었지만, 이 여행을 통해서 국내 어디서든 한달살기 여행이 가능하고, 어떤 형태의 여행도 가능하고, 여행하는 방법을 바꾸는 것 만으로도 여행이 모험이 될 수 있다는 것을 경험했습니다. 혼자 떠나는 여행, 걸어서 불편하게 만나는 여행에서는 다른 세상이 보입니다. 여행을 사랑하는 모든 사람, 세상이 궁금한 모든 사람에게 국내 여행의 맛을 알려드리고 싶습니다.

〈여:기 쉼표 행:복 찾아 진주〉 는 여행 블로거나, 여행 유튜버들이 진주를 여행하고, 진주를 소개하는 프로그램이었습니다. 제주에서 한달살기 하러 제주를 방문하시는 분들을 많이 봐왔는데, 진주는 비용이 더 저렴하면서, 한달살기 하기 좋은 도시입니다.

마음 같아서는 한달살기를 하고 싶지만, 현생이 바쁜 관계로 일주일 동안 여행했습니다. 2022.5.5- 5.8일까지 열린 진주 논개제에 맞춰서 다녀온 8박9일 동안의 진주 여행 이야기입니다.

제주에서 배 타고,
삼천포까지

총 8박 9일 동안 진주를 여행했습니다. 여행을 시작할 때, 제주에서 진주로 가는 방법도 잘 모르겠는 막막한 상황이었습니다. 서울이나 부산에 가기는 쉽지만, 지방간 이동은 아직도 쉽지 않습니다. **가장 쉬운 방법은 비행기로 제주 - 사천공항으로 이동한 뒤 진주로 시외버스를 이용하는 방법이 있습니다.**

진주를 여행하기로 확정된 것은 4.25일 이었습니다. 여행 시작일은 5월 초, 5월이 되면 제주는 어쩌면 오도가도 못 하는 상황이 됩니다. 가끔은 진짜 항공권이 없고, 항상 그런 것은 아니지만 가끔은 비지니스석을 타야 하나 싶을 정도로 표를 구하기 어려울 때도 있습니다. 그래서 빨리 진주로 가는 방법을 정해야 했습니다.

제주에서 진주 비행기로 가는 법

제주에서 진주로 비행기를 이용하려면 사천공항을 이용해야 합니다. 사천공항은 진주에서 30분 정도 떨어져 있어서 편리합니다. 다만 항공 편수가 많지 않아서 불편하고, 쉽게 가격이 올라가는 연약한 공항입니다. 하이에어 항공사가 제주를 오갑니다. 월, 목, 토, 일요일에만 항공편이 있습니다. 이런 항공편을 타보는 것도 재미있을 텐데 다음을 기약해야겠습니다.

두 번째는 제주-삼천포 간 여객선을 이용하는 방법이 있습니다. 당연히 사천공항을 통해서, 진주로 가면 빨리 갈 수 있겠지만, '삼천포?' 당연히 가야 합니다. 시작부터 삼천포로 빠지는 여행을 계획합니다. (삼천포로 빠진다는 표현을 삼천포 사람들은 싫어했다고 하지만, 삼천포란 지명을 듣고서 어떻게 빠지지 않을 수 있을까요? 여행자에게는 이보다 더 매력적인 이름이 없을 것 같습니다.) 진주 여행 앞, 뒤로 삼천포 여행까지 붙여서 여행해보려고 합니다.

배타기 전까지는 행복했지

오션비스타호를 타고 제주항에서 출발해서 삼천포로 가기 위해서 제주 국제 여객선 터미널에 와 있습니다. 제주와 삼천포 사이는 현성 MTC에서 운항하는 오션비스타호가 다닙니다. 제주에서 2시에 출발해서 밤 8시 30에서 9시 사이에 도착합니다. 삼천포에서 출발할 때는 밤 11시에 출발해서 아침 6시쯤 내려 줍니다. 제주로 올때는 배 안에서 1박을 해야 합니다. 총 운항 시간은 7시간 정도 됩니다. 운항 시간은 길지만 새로 건조한 배라서, 진동이나 냄새가 없고, 내부 가구나 화장실도 다 새것이라 쾌적합니다.

삼천포에 도착해서 1박을 하고, 삼천포 숙소에서 여행기를 정리하면서, 왜 사천공항으로 바로 가지 않고 삼천포까지 힘들게 배를 타고 왔나 후회가 되었습니다. 7시간 배를 타고 왔기 때문인지 여행을 시작하기도 전해 피로해졌습니다. 숙소에 도착해서 양말도 못 벗고. 이불도 덮지 못한 채로 잠깐 누워있었는데 아침을 맞았습니다.

제주에서는 못 먹는 충무김밥

여행의 첫 시작을 충무김밥으로 장식합니다. 여정이 고되기는 하지만 삼천포를 거쳐 진주를 여행하는 행복을 충무김밥으로 일단 채울 예정입니다. 김밥만 먹고 바로 진주로 가는 시외버스를 타야 합니다.

제주-삼천포-진주 배타고 가는 법

오션비스타 제주- 현성MCT - www.oceanvista.co.kr

화/목/토/일- 23시에는 삼천포 출발

월/수/금/일- 14세에 제주 출발

오션비스타호의 차량 선적 및 운항 일정을 확인하고 싶으시면 오션비스타호 홈페이지를 확인하시면 됩니다.

제주에서 삼천포를 100원에 갈 뻔한 일

여객선을 타고 삼천포로 가기로 결정하고, 오션비스타호 홈페이지에 들어갔더니, 100원 딜이 떡하니 올라와 있습니다. 일단 구매했습니다. 여행이 자유로워지자 오션비스타호를 홍보하기 위한 이벤트였습니다. 진주 여행이 운이 좋을 것 같은 예감이 들었습니다.

출발 당일. 제주 시골 지역에 살기 때문에, 2시간 일찍 버스를 기다리기 시작했습니다. 제주항에 일찍 도착해서 밥도 먹고 사진도 찍을 생각으로 서둘렀습니다. 1시간이 넘어가도록 오지 않는 제주행 버스. 보통 평일에는 제주 시내버스는 시간을 제법 잘 지키는데, 주말이 되면 제주 시내권이 차가 밀려서 버스 배차가 제멋대로입니다. 결국 제주항까지 카카오택시로 이동했습니다. 택시비는 33,000원, 배에 타니 아저씨들이 할인받아서 배 운임을 33,000원에 샀다고 자랑하십니다.

저는 33,100원에 산 셈이 되었습니다.

배를 타도 면세점 이용 가능

제주항에도 크지는 않지만, JDC 면세점이 있습니다. 제주에서 나갈 때만 면세점을 이용할 수 있습니다. 추자도 같이 제주도 부속섬으로 이동하실 때는 면세점을 이용할 수 없습니다. 제주항 면세점은 예약해서 픽업하는 것이 가장 저렴합니다. 제주항의 경우는 공항 면세점과 다르게 3일 전에 주문해야 합니다. 많이 구매하시는 술과 담배도 판매합니다. 술도 예약하는 것이 조금 더 저렴하다고 합니다. 화장품을 구매했는데, 예약 가격에 비해서 2-3,000원 비싼 가격입니다. 간단한 향수, 인기있는 제품을 살 수 있습니다.

제주항 국제 여객 터미널 6 부두에서는 추자도나 삼천포로 가는 배를 탑니다. 편의점과 간단한 식당과 기념품 가게가 있습니다. 제주항 여객 터미널 안 분식집에서 김밥 한 줄 먹고 출발했는데, 김밥 이외에 우동 등, 간단한 메뉴가 있고, 많이 비싸지 않고, 맛도 괜찮습니다.

오션비스타호 마루형 객실 내부

오션비스타호 객실 내부입니다. 다들 잠깐 나가신 사이에 얼른 찍었습니다. 다들 매트를 깔고 누워서 갈 수 있습니다. 전에 추자도를 다녀올 때는 좁은 마루에 끼여 가느라 힘들었는데 쾌적합니다. 캐리어를 수납 할 수 있는 수납함과. 이불, 매트가 제공 됩니다.

오션비스타 여객선 식당

식당과 편의점도 있습니다. 사람들이 많은 시간을 피해서 설렁탕과 어묵을 먹었습니다. 식당도 새것이라 깔끔하고, 식당 옆면이 모두 창이라서 풍경이 너무 예쁩니다. 남자분들은 양이 좀 적으실 듯합니다.

혼자 와서 밥을 먹으니. 식당 사장님이 말을 붙이십니다. 식당 사장님은 식당을 운영한지 한 달이 되셨는데, 식당 말고 배 안의 다른 공간에 가 본 적이 없다고 하십니다. 배에서 식당 정리 후 내리면, 다시 식자재 준비해서 출항하고, 다시 도착하기를 반복한다고 하십니다. 그러면서, 손님들이 물으면, "갑판은 끝으로 가세요" "안마의자는 윗층에 있어요" 안내하십니다. 그런 곳이 있다고 손님들에게 들어서 아신다고 합니다.

정말로 동그란 계단을 올라가면 위층 갑판과 오락실, 안마 의자가 있습니다. 갑판 쪽으로 나갈 수도 있습니다. 다시 객실로 들어와서 여행 이야기를 쓰고 있는데, 옆의 노부부께서 오메기 떡과 귤을 주십니다. 여행은 이렇게 달콤 시큼한 여러 사람의 이야기를 들어보는 것이기도 한 것 같습니다.

오션비스타호 타고 삼천포 가는 풍경

오션비스타호를 타고 가는 풍경은 제주의 다른 여객선 노선과는 풍경이 달랐습니다. 대부분 망망대해를 지나갔었는데, 삼천포-제주 노선은 수많은 작은 섬들을 지나쳐갑니다. 오늘은 운이 좋아서 고깃배까지 많이 보여서 가는 내내 풍경이 너무 아름다웠습니다. 제주- 삼천포- 진주 여행의 첫날이 시작되었습니다.

나이가 들어가는 것인지, 여행하는 법을 이제 겨우 알게 된 것인지, 첫날이 다 가지도 않았는데 같이 떠나온 사람들의 표정만 봐도, 무심히 떠드는 일상 이야기만 엿들어도 온갖 설렘과 흥분과 쌉쌀한 인생의 맛이 다 느껴집니다. 원래 여행은 이런 것이겠죠.

램프의 지니를 램프에 담듯이, 여행을 집이라는 공간에 담은 곳 -삼천포 〈팔포 게스트 하우스〉

삼천포,

어디인지 몰라도, 심지어 지명인 줄 몰라도 한국 사람이라면 모두 알고 있는 이름이 삼천포입니다.

삼천포라는 이름을 듣는 순간, 이번 기회에 다녀와야겠다고 생각했습니다. 며칠 전까지는 삼천포는 어디 있는지도 모르는 곳이었지만, 진주로 가는 길에 삼천포항이 있다는 사실을 알자마자 꼭 정복해야 할 곳이 되었습니다. 7시간 동안 배를 타던지, 게스트하우스가 단 하나만 있는 도시든지 상관이 없었습니다.

7시간의 평화로운 운항을 마친 오션비스타호가 저를 삼천포에 내려 주었습니다.

밤 9시. 처음 온 삼천포,

다른 교통편들처럼 일제히 출구로 걸어가는 사람도 없고, 모두가 자신의 차를 찾아서 가버리고, 저 혼자 캐리어를 끌고 깜깜한 부두를 바라보며 걸어왔습니다. 도로까지 왔지만, 택시, 버스, 승객 아무도 없는 여객 터미널에서 미아가 되었습니다. 길에는 간간이 다니던 트럭이나 승용차만 있고, 택시도 없는 이곳. 심장이 뛰고 여행의 두려움과 설렘이 살짝 살아나면서, 삼천포를 이미 사랑하게 되었습니다. 여행의 설렘으로 포장했지만, 카카오택시를 불러서 삼천포 유일의 팔포 게스트하우스에 도착했습니다. 삼천포 여객 터미널에서 게스트하우스까지 거리가 거의 2Km 정도입니다. 30분을 걸으라고 해서 그냥 택시를 탔습니다. 카카오택시는 어디나 옵니다.

세계 각지에서 모아온 스타벅스 시티 컵들

삼천포, 팔포 게스트하우스를 예약하기 전에, 당연히 이 어마어마한 스타벅스 시티 컵 사진을 봤습니다. 컬렉션이 많은 줄 알았지만, 이렇게 잘 꾸며진, 여행에 진심인 공간인 줄은 몰랐습니다. 들어서는 순간, 호스트 분이 직접 꾸민 곳인 것을 알게 됩니다.

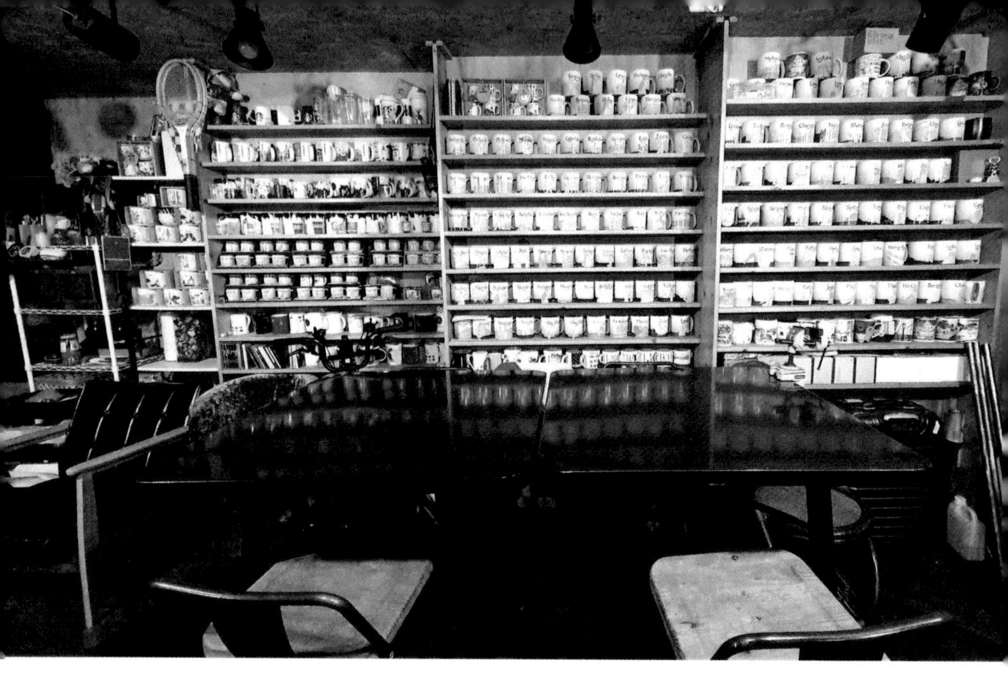

이런 공간을 누가 대신 꾸며 줄 수는 없습니다.

어떻게 표현해야 할지 모르겠는데, 전축도 아니고, 오디오도 아닌 블루투스 스피커가 나오기 전, 마지막 세대의 미니 오디오에서 음악이 흘러나옵니다. 부모님 세대의 것과 우리 세대의 것과 모든 시대의 물건들이 합쳐져서 자리 잡고 있었습니다. 7080세대의 카페 분위기도 아니고, 정리벽이 있는 주인의 강박이 무섭게 짓누르지도 않고, 모든 것이 완벽해서 너무 편안하지도 않은 공간.

그런 미묘한 공간에 도착하자마자 범상치 않은 곳을 만났음을 예감했습니다.

초코파이로 말하는 친절함이라고 해둡시다.

1인실을 예약했습니다. 사장님이 나오셔서, 매우 익숙할 텐데도, 절대 익숙하지 않은 사람처럼, 두서없이 많은 규칙을 설명해 주셨습니다. 굉장히 친절하게 설명해 주셨는데, 태도가 낯설어서 친절한 것인지 불친절한 것인지 헷갈려하면서 배정받은 방안에 들어오니 책상에 초코파이 하나가 놓여 있습니다.

아무래도 사장님이 본인의 어색함을 잘 알고 계신 것이 아닌가 싶습니다. 어쨌든 초코파이 하나로 말하는 친절함으로 인정했습니다. 팔포 게스트하우스는 매우 낯을 가리는 호스트와 매우 여행자에게 적합할 것 같은 숙소의 모습이 대립되는 이상한 매력이 있는 곳이었습니다.

여행자에게 던지는 메세지로 가득한 곳

매주 여행 관련 짧은 강의를 준비하고, 매일 여행에 관련한 블로그 글을 쓰는 사람이 숙소에 도착해서 책상에 앉았습니다.

『가보기 전엔 죽지 마라』, 『마음 둘 곳』, 『사랑과 자유』 이런 책들이 꽂혀 있습니다. 차라리 『론리 플래닛』이나, 누구의 여행 사진

같은 책이 꽂혀 있었으면, 무심코 꺼내서 몇 장 열어봤을 수 있습니다. 숙소를 신경 써서 꾸며 놓았다면서 칭찬하고 넘어갈 수 있었을지 모릅니다. 거울에는 〈여행이 없으면, 삶도 없다?〉 정도의 메시지가 각인되어 있었고, 문에는 〈삶은 죽음 위에 올려져 있다.〉 이런 메시지가 각인되어 있습니다.

왜? 이 호스트는 〈도전하는 자에게 실패는 없다〉 같은 무난한 문구를 고르지 않았나? 게스트들이 철학적 고민으로 잠 못 자길 바랐나? 이런저런 생각을 하면서, 여행에 진심인 곳을 만났다는 생각에 감동적이기도 했습니다.

지금까지 만났던 곳 중에 가장 특별했던 곳

이런 특별할 것 없는 게스트하우스를, 지금까지 만난 어떤 세련된 공간보다 가장 특별한 공간으로 만드는 힘. 설사 그것이 저의 오해라고 해도, 메시지의 힘에 헛웃음이 나오면서 감동적이기도 했습니다. 세상에는 세련되고, 값비싼 공간이 넘쳐나는데, 몇 줄의 문구를 여기저기에 새겨 넣어서, 특별한 곳으로 만든 철학과 센스에 놀랐습니다.

공간조차도 범상치 않은 팔포 게스트하우스

삼천포, 팔포 게스트하우스는 어디 한 공간 손이 가지 않은 곳이 없이 빽빽한 밀도로 꾸며져 있습니다. 집의 구조도 매우 복잡했는데, 주택 2채를 합쳐서 한 공간으로 만들었기 때문입니다. 미로 같은 구조 때문에 저는 집안에서 길을 잃을 정도.

Merry Christmas

컬렉션과 공간에 이야기를 숨겨놓은 곳

한 사람도 지나가기 어려운 좁은 계단 양쪽으로 문이 두 개나 있습니다. 체게바라 스카프가 걸린 이 계단은 살짝 허리를 굽혀야 들어갈 수 있습니다. 낮은 공간에 청개구리같이 체게바라 가랜드를 걸어 놓았는데 너무 잘 어울립니다. 만약에 이런 공간의 주인과 친구가 된다면, 아마도 열어보고 싶은 모든 문을 열어보고, 물어보고 싶은 모든 물건의 사연만 물어봐도, 천일야화가 될 수 있을 것 같습니다.

정답은 있는 걸로 해주시면, 안될까요.

삼천포, 팔포 게스트하우스 주인은 문지방에 원수라도 진 걸까요? 문지방을 넘어서려면 〈체게바라〉를, 옥상으로 나가려면 〈세상에 없는 세가지는? 공짜, 비밀, 정답〉 이런 문구를 지나쳐야 합니다. 아침마다 복잡한 마음으로 커피를 마셔야 맛있기라도 한 걸까요?

공간을 특별하게 만드는 추억의 시계

옥상으로 나가기 전 3층 공간은 괘종시계 소리가 딱딱딱딱 규칙적으로 나고 있습니다. 어렸을 때 우리집에도 저런 시계가 있어서 익숙한데, 소리가 시끄러워 없어진 시계입니다. 이 소리가 이렇게 아름답게 거슬리는 소리였던가, 이렇게 고요를 강조하는 소리였던가 싶었습니다. 3층 공간에도 많은 책들과 술들과 수집품들이 규칙적이면서 덜 강박적으로 전시되어 있습니다.

문득 천장을 바라보니, 장국영 사진이 붙어 있습니다. 장국영 사진이 주는 감성은 아마 그 시대 사람이 아니면 이해하지 못할 것입니다. 옥상으로 나오면, 그나마 정상적인 옥상 공간이 나옵니다. 보통의 게스트하우스처럼 알전구도 있고, 편안한 의자도 있는 곳. 입니다.

이곳은 지금까지 만난 모든 공간 중에서 가장 여행에 진심인 곳 같습니다. **기념품은 여행의 산물이지만, 여행의 발목을 잡아끌어, 정착하게 만듭니다. 여행을 영원히 기억하기 위해서 모은 수집품은 여행지를 떠나 집에 정착하게 만듭니다.** 삼천포, 팔포 게스트하우스는 가장 여행에 진심이지만, 여행을 그리워하는 수집품들의 집인가 봅니다. 그렇지 않고서는 문지방마다. 여행자에게 이런 문제들을 던져 놓을 리는 없습니다. 답답한 마음 더 답답하게 해주고, 여행의 갈증은 더 커지는 곳입니다.

진주 시외버스 타고 가는 법? 모름.
- 물어물어 가세요. 행복했습니다.

여행 중 언제가 가장 설레이시나요?

저처럼 순발력이 부족한 사람에게 시외버스 터미널은 항상 당황스럽고 번잡스럽다가 갑자기 평온해지는 그런 곳입니다. 앱 하나면 두리번거릴 일도 없고, 누군가와 대화를 나눌 필요도 없이 모든 것이 가능한 세상에서 왔습니다. 시외버스 터미널에 오니 가득 채운 시간표도 잘 못 알아보겠고, 묻는 것도 소심해집니다.

우리 부모님 세대들에게 스마트폰 사용법을 알려주면서 "왜 이게 어려워?" 하던 생각이 납니다. 아마 저를 보시면, 답답해하면서 표도 사고, 주변 사람들과 여행 왔다며 떠들고 계실 것 같기도 합니다. 어쨌거나 우리 세대가 전문은 아닌 세상이 시외버스 터미널입니다. 약간은 귀찮은 듯한 창구 직원에게, 출발 시간, 요금을 물어서 표를 사는 것도 이제는 어색합니다. 급행과 완행의 차이까지 묻기에는 괜히 겸연쩍어서 급행표를 사고는 게이트에서 진주행 급행 버스를 기다렸습니다.

낯선 사람을 홀대하는 것처럼

청소하시는 아주머니는 캐리어를 이리 치워라, 저리 치워라. 하면서 청소를 하십니다. 저는 자율주행차가 다니고, 앱이 없으면 아무것도 못 하는 세상에서 왔습니다. 그냥 서 있는 것도 어색한 이 공간, 여행은 뜻밖에 시간여행을 선사합니다.

오랜만에 돌아온 아날로그 세상에서는 눈치껏 한쪽에 서 있지도 못하는 사람이었습니다. 왠지, 삼천포 터미널의 옛날 간판과 새 자동문도 세대차이가 꽤나 나 보입니다.

키오스크가 무용지물인 이곳

삼천포 버스 터미널도 키오스크가 있습니다. 아무도 사용하지 않고 다들 창구로 달려가십니다. 저도 창구에서 모든 것을 해결했습니다. 버스터미널 플랫폼에 얼마나 오랜만에 와봤는지 설레입니다.

여행은 출발하는 이 순간, 현생도 잠시 내려놓고, 미래도 생각하지 않고 그냥 창밖만 바라보고 있는 순간이 가장 행복합니다.

우리나라에서 몇 안 되는 지형이 주는 신기한 풍경

삼천포에서 진주로 가는 길을 풍경이 특이했습니다. 처음에는 이유를 몰라서 사진을 찍어두지 않았는데, 계속 반복되는 풍경을 보고 깨닫게 되었습니다. 바다를 두고 갈라진 지형 때문에 거의 사천에 도착할 때까지 병풍처럼 길게 늘어진 산이 계속 따라옵니다. 크게 높지도 않고 갈라지지도 않고 병풍을 둘러친 모습 같아서 특별한 모습이었습니다. 사실 설명할 지식이 없어서 매우 다행입니다. 오늘 일정이 매우 피곤했습니다.

진주까지 버스 타고 가는 법, 모름.

여행기를 기록하는 것과 동시에 이 책에 간단한 여행 정보도 함께 담기 위해 노력했습니다. 삼천포- 진주에 시외버스를 타고 가는 과정은 쓸만한 정보가 없습니다. 보통의 저라면, 〈삼천포에서 진주까지 버스 타고 가는 법〉으로 제목을 짓고, 버스 시간표 사진, 버스표 소요 시간 등을 정리해 둡니다.

이번에 진주에 갈 때는 코로나로 인해 버스 배차 횟수도 줄어들어 있었고, 정확히 몇 시에 타서 몇 시에 내렸는지도 모르겠습니다. 그냥 물어물어 갔습니다. 시계도 안 보고 음악만 들으면서 멍하고 있으니 도착이었습니다. 행복했습니다.

진주 시내를 한눈에 볼 수 있는 명소, -북장대를 발견하게 된 사연

진주에서 첫 숙소로 골든 튤립 남강 호텔을 예약했습니다. 골든 튤립 호텔이 시외버스터미널에서 걸어서 이동 가능하고, 진주성도 걸어서 이동하기 쉬운 위치에 있는 호텔이기 때문입니다.

여행지마다, 스타벅스와 맥도날드가 많은 이유

시외버스터미널에서 걸어서 도착하니, 체크인 시간 전에는 체크인이 안 된다고 합니다. 요즘 호텔들이 체크인 시간을 까다롭게 지키는 곳이 늘어나서 피곤합니다. 짐을 맡기고 나니 막상 오늘은 어디로 가야 할지도 모르겠고, 벌써 피곤하고, 한 시간 먼저 좀 들여 보내주지 싶으면서 짜증이 납니다. 그냥 배고프고 낯설고 피곤해서입니다.

그래서, 익숙한 현실로 도망쳤습니다. 그렇게 떠나고 싶었는데, 익숙한 곳을 찾아가는 이 마음 이해하시나요? 쿠폰을 써야 한다는 핑계로 굳이 찾아 들어갔습니다. 스타벅스는 역시 좌석도 불편하고, 충전도 잘되고, 좋더군요. 진주성에서 가장 가까운 스타벅스 중안점에 다녀왔습니다. 매장도 크고, 좌석도 넉넉해서 도망칠 때 있기 좋습니다.

근처가 번화가라서, 화장품 매장과 음식점들도 많이 보였습니다. 스타벅스에 있어도 어딜갈지 잘 모르겠어서 일단, 박물관 먼저 다녀오기로 했습니다. **국립 진주 박물관을 시간을 들여서 둘러볼 여유가 있을 때 둘러보기로 했습니다.** 진주 박물관은 진주성 안에 있습니다. 진주성 티켓을 끊고, 성안으로 들어가면 됩니다. 박물관 티켓은 따로 없습니다. 진주성은 생각보다 면적이 넓었습니다. 저는 당연히 길을 잃었습니다. 심각한 방향치라서 항상 길을 잃습니다.

鎭南樓

진주성에서 빼놓으면 안 되는 곳- 북장대

큰 나무가 많아서 예쁜 진주성 풍경을 따라가다 보니 만나게 된 북장대입니다. 진주성에는 북장대, 서장대 등 망루로 사용되었던 누각이 있습니다. 신발 벗고 올라가서 쉬기도 하고, 진주 시내를 내려다 볼 수 있는 전망대 역할을 하고 있습니다. 남강이 보이는 쪽 풍경도 아름답지만, 도시를 내려다 볼 수 있는 북장대 풍경도 빼놓을 수 없는 진주성 명소입니다. 아이들이 먼저 와서 놀고 있습니다. 날씨가 어찌나 좋은지 비현실적이었습니다.

진주성 안에 박물관이 있기는 한가요? - 여행이 체질

북장대에서 잠시 쉬고, 30분 정도를 진주성 안을 더 헤매고 다닌 뒤에 겨우 진주 박물관에 도착했습니다. 다른 사람들은 굳이 찾지 않아도 결국은 만나는 진주 박물관을, 성안을 구석구석 돌고, 지도를 샅샅이 뒤져가며 겨우 만났습니다. 차라리 지도를 안 봤으면 더 빨리 찾았을지도 모르겠습니다. 가는 곳마다 이렇게 구석구석을 돌아다니게 되니 아무래도 여행이 체질인가 봅니다.

진주성 추천코스- 진주성 꼼꼼하게 모든 건물 돌아보는 법

진주성은 어떻게 이야기해야 할지 고민되는 장소였습니다. 모두 알고 있는 장소이고, 진주의 랜드마크인 곳입니다. **모두가 다 아는데, 다 잘 모르는 곳은 어렵습니다. 모르는 이야기는 접어두기로 했습니다.** 그냥 진주성을 천천히 돌아본 이야기입니다.

이번 진주 여행이 초행이기도 하고, 진주성도 논개 이야기 외에는 아는 것이 없습니다. 진주성 안에 박물관이 있는지도 모르고 박물관을 가려고 얼떨결에 들어간 곳이 진주성입니다. 입장료가 2000원인데 진주시민은 무료입니다. 2000원만 내면 진주성 각종 부속 건물이며, 유명한 촉석루와 의암을 다 둘러볼 수 있고, 박물관과 특별전까지 관람할 수 있습니다.

진주성 망루에서, 진주 시내, 남강 내려다보기

진주 국립 박물관을 찾으러 가다가 처음으로 접한 건물이 북장대입니다. 아무 생각 없이 들어간 북장대에서 신발을 벗고 앉아서 진주 시내를 바라본 것이 제 진주 여행의 가장 첫 순간이었던 것 같습니다. 호텔에 가방만 맡기고서, 어딜 갈지도 몰라서, 무작정 박물관을 찾아간 것인데, 박물관도 찾지 못하고, 저를 잡아끌었던 정자, 북장대가 그런 모습이었습니다.

처음으로 진주가 '아 이런 곳이구나' 알게 되었습니다. 산으로 둘러싸인 작은 도시, 앞으로 정복할 곳, 여행지도 같은 풍경을 내려다보면서 오랜만에 설렜습니다. 누군가 진주는 이런 곳이라고 브리핑해 주듯 시가지의 특징을 보면서, 이렇게 다니면 되겠고, 저쪽으로도 가봐야겠고, 이렇게 여행을 계획했습니다.

진주성 성벽을 따라 걷기

북장대 건물에서 나와서도 바로 국립 진주 박물관으로 찾아가려고 노력했지만, 성벽을 따라서, 걷다 보니 서장대, 촉석루를 다 방문하고도 박물관을 찾지 못했습니다. 보통 사람들은 도착하자마자 5분이면 박물관으로 바로 갑니다. 저는 항상 길을 잃습니다. 성벽을 따라 걷다 보면 대숲을 지나고, 오르막을 몇 번 만나다 보면 남강을 볼 수 있는 곳으로 나옵니다. 남강은 정말 진주를 관통하면서 굽이친다고 말할 수 있는 강입니다.

도시를 가로지른다고 하기에는 마치 남강이 주는 이점을 도시에 골고루 나눠주기 위해서 최대한 굽이굽이 돌아서 지나갑니다. 진주의 어디를 가더라도 남강을 쉽게 만날 수 있는 것이 장점입니다. 남강은 한강처럼 너무 크지도 않은데, 너무 작지도 않으면서 수량이 많습니다. 진주성의 서장대 근처를 따라 돌다 보니 촉석루, 촉석문까지 와 버렸습니다. 촉석루도 사실은 남장대입니다. 진주 남강의 풍경에 홀려서 사진도 찍고, 그늘에 있는 벤치에 앉아서 쉬다보니 박물관 찾기는 또 멀어졌습니다.

촉석루 앞 의암에서, 역사의 퍼즐을 맞춰보기

등 축제 광고인지 스파이더맨이 장식한 촉석루와 촉석문 앞에 오니, 사람들을 따라서 의암을 보러 가지 않을 수 없습니다. 모두가 한 방향으로 가고 있습니다. 특이하게 생긴 의암을 보면서, '아니 굳이 저기까지 가서 뛰어내렸다고???' 뭔가 이야기의 퍼즐이 맞지 않던가, 아니면 제가 잘못된 이야기를 알았던 건가 생각하게 됩니다. 높은 절벽에서 뛰어들었다고 제 맘대로 생각했었는데, 사실은 의암에서 첨벙 물속으로 뛰어들었나 봅니다. 의암 쪽으로 뛰어내리는 과정을 상상해보면 이야기의 구조와 현장의 상황 사이에 뭔가 이야기의 틈이 존재하는 것 같은 생각이 듭니다.

촉석루 2층으로 올라와서 그늘 안에서 바람을 맞으면서 남강을 바라보면, 역사 이런 이야기 내려놓고, 바람과 풍경에 취해 그냥 흥분하게 됩니다.

촉석루 2층에서 진주를 제대로 즐기기

맨발로 2층 누각에 올라온 것도 좋고, 강바람이 불어와서 차가운 느낌, 풍경 다 좋아서 떠나고 싶지 않습니다. 11시-12시 사이에 진주 박물관을 관람하기 위해서 진주성에 들어와서 3시 정도까지 성벽 따라 걷고, 두 개의 카페도 만나고, 망루들과 중간중간에 있는 다양한 건물들도 만나고 촉석루까지 왔을 때가 3시 정도 되었습니다. 해질 때까지 앉아 있고 싶었지만, 박물관을 아직 구경도 못 해서 서둘러야 합니다. 보통 박물관들이 5시나 6시에 끝나기 때문에 아쉽지만 박물관을 보러 일어납니다.

진주성 느리게 돌아보기

남들보다 느리게 돌아본 데다가, 길은 계속 잃고, 찾고 싶은 곳은 찾지 못해서 진주 성안을 샅샅이 돌아보게 되었고, 이제 머릿속에 진주성 지도가 생겼습니다. 이제와서 돌아보면 박물관을 찾지 못한 사실이 어처구니가 없지만, 진주성에 처음 가는 분이라면, 성벽을 따라 한 바퀴 돌아보시라고 추천합니다. 성벽을 따라 걷다 보면 부속 건물도 빠짐없이 다 챙겨 볼 수 있고, 진주를 여러 방향에서 내려다볼 수 있습니다.

진주시민이 진주성을 이용하는 법

진주성만이 가진 풍경도 있습니다. 간식을 싸서 가족들과 명당 자리를 잡고 하루를 즐기는 분들, 일로 만난 분들이 카페에서 모여 있거나, 매일 산책 오시는 듯한 어르신들, 조용한 곳을 찾아 올라와 친구랑 핸드폰 게임을 하러 나온 아이들, 이 모든 진주시민을 담아내는 공원이고, 랜드마크입니다. 역사와 현재와 휴식을 담은 곳이 진주성이었습니다. 생각보다 넓은 진주성을 다 돌아보느라 첫날부터 힘들었습니다.

진주성에는 공북문 촉석문, 서문 3개의 문이 있고, 여행객은 공북문에서 시작하는 것이 좋습니다. 다른 관광지라면 가까운 위치에서 시작하라고 조언하겠지만. 진주성은 규모가 그리 크지 않기 때문에 공북문에서 시작하는 것도 좋습니다.

진주성 편의시설, 관광 팸플릿/ 주차장/사물함

공북문에 진주성의 각종 편의시설이 몰려 있기 때문입니다. 진주 관광안내소와 주차장, 사물함이 있습니다. 사물함 이용은 무료이고, 캐리어도 들어가는 큰 크기의 사물함도 있어서 이용하기 좋습니다. 진주시 스탬프 투어 앱도 다운 받아서 시작할 수 있습니다.

매일 오전 11시에는 교대식도 공북문에서 진행돼서 볼만합니다. 공북문에서 진주 여행에 대한 팸플릿과 진주성에 대한 팸플릿을 챙겨올 수도 있고, 관광 안내 센터에 계시는 문화 관광 해설사분께 필요한 정보를 물어볼 수도 있습니다.

진주성 추천코스-3시간 이상 소요

공북문- 김시민 장군 동상- 영남포 정사 문루- 북장대- 선화당- 포루- 창렬사- 호국사- 서장대 - 국립 진주 박물관- 진주성 우물 - 호국 종각- 촉석루- 의암- 촉석문

공북문에서 시작해서 오른쪽으로 돌면서 진주 시내와 남강을 감상하고, 나서 박물관을 보고, 촉석루를 거쳐 촉석문으로 나오는 코스입니다. 총 소요시간은 박물관 1시간까지 해서 3시간 정도 예상되고, 5시간 정도 걸렸습니다.

진주성 한 시간 휙 돌고, 박물관 돌고 나올 수도 있지만 꼼꼼하게 돌아보고, 여유있는 진주 여행을 시작하고 싶다면 이렇게 시간을 들여서 돌아보시는 것도 추천합니다. 중간에 카페도 있고, 진주 마스코트 하모도 있어서, 5시간도 뚝딱 지나갑니다.

진주 박물관에 가보지 않은 자,
밀덕이라고 말할 자격이 없다.

첫날 호텔에서 가방만 맡겨두고 달려간 진주 박물관 입니다. **진주는 교육의 도시이면서, 박물관과 전시관이 많은 문화의 도시입니다.** 아마 지방에서 이렇게 많은 박물관과 문화생활을 즐길 수 있는 도시는 많지 않을 것 같습니다.

박물관 덕후라면 진주 여행

진주 여행을 계속하다 보니, 진주에 좋은 전시와 박물관이 많아서 시간이 모자랄 지경입니다. 거기에 놀랍도록 저렴한 입장료까지, 박물관 덕후라면 진주에서 한달 살기 하면서 매일 박물관 여행을 해도 좋을 것 같습니다.

중2병 아이들도 집중하게 하는 마성의 박물관

혹시 이런 모습을 보신 적이 있으신가요? 남자 중학생이나, 고등학생들이 옹기종기 모여서 역사에 대해서 이야기하는 모습, 유물에 대해 이야기하는 모습, 상상만 해도 낯선 모습 아닌가요? 국립 진주 박물관에서는 쉽게 볼 수 있습니다. **중2병 아이들도, 피가 뜨거워지고, 가슴이 웅장해지는 박물관이 있다면, 바로 국립 진주 박물관 입니다.**

임진왜란 상설 전시실

임진왜란의 주요 현장이었던 진주에 있는 박물관이기 때문에, 상설 전시로 임진왜란에 대해서 전시하고 있습니다.

/1부 임진왜란의 경과
/ 2부 조선, 명, 일본의 무기
/ 3부 주제별로 보는 임진왜란

물론 임진왜란에 대한 전시 내용을 한낱 덕질로 치부하는 것은 절대 아닙니다. 전시를 보면, 오래전 역사인데도 가슴이 먹먹해지고, 울컥하는 순간도 있습니다. 그러나, 전쟁의 현실성, 참혹함, 그 시대의 살상력을 보여 주기 위해 전시되는 무기들을 보면서 호기심이 생기지 않는다고 그 누가 말 할 수 있을까요?

임진왜란 당신에 썼던 총이나, 활시위를 절대 못 당기게 생긴 단단해 보이는 활, 류성룡 장군이 입었던 갑옷과 투구를 보고 피가 뜨거워지고, 가슴이 웅장해지는 것은 당연합니다.

다른 박물관과 달리 유독 남학생들이 많이 보였습니다. 전시를 어찌나 집중해서 보던지, 사진 찍고 싶은데 비키지도 않고, 뭔가를 계속 이야기합니다. 한참을 기다려야 했습니다.

어린 남학생들이 일일이 번호를 찾아서 무기의 이름을 찾고, 설명을 읽어가며 보는 전시의 풍경은 색달랐습니다. **역사는 아무리 지식으로 공부해도 살아있는 과거로 느끼기에는 어려울 수 있습니다. 덕질에서 시작하는 역사는 궁금해서 공부하게 되는 역사 이해의 시작이 되지 않을까 생각이 듭니다.**

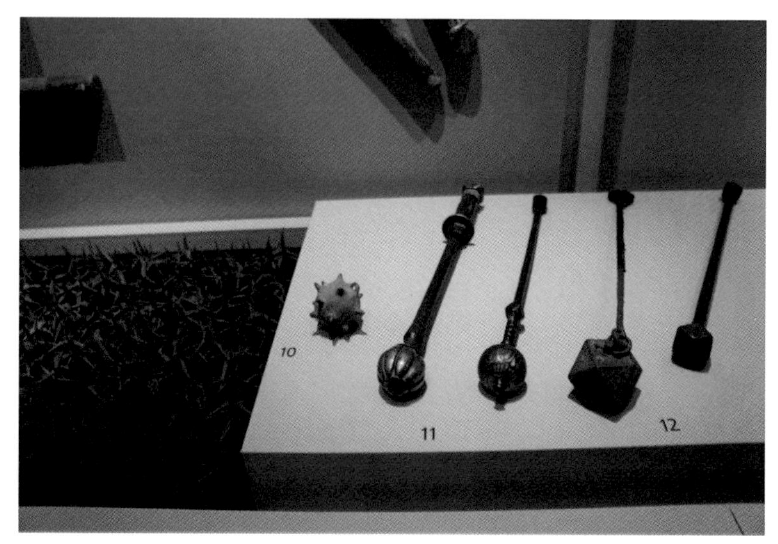

각종 대포와 서양 무기인줄 알았던 메이스, 모닝스타처럼 생긴 철퇴? 각종 도검류

밀덕이라면, 꼭 방문해야 하는 국립 진주 박물관

이런 평이한 이야기로 국립 진주 박물관을 평가하기에는 전시의 내용이 너무 황홀했습니다. 임진왜란 당시에 썼던 무기들이 생각보다 매우 현대적이었고, 총과 포탄의 종류도 많았습니다. 우리는 게임이나 역사에서 서양 기사의 무기나 갑옷들을 쉽게 접했는데, 그에 못지 않은 기술을 가진 우리 전통 무기나 갑옷들도 전시되어 있었습니다. 서양의 무기들과 비교해도 정교하고 발전된 모습들을 많이 볼 수 있었습니다. 다양한 종류의 밀리터리 덕후들이 많은데, 감히 국립 진주 박물관에 와보지 않은 자, 밀덕을 논하지 말라고 말하고 싶습니다.

하나의 작품이 된, 역사 문화 전시

국립 진주 박물관은 유물을 어찌나 아름답게 전시했는지, 전시장 자체가 하나의 작품처럼 보였습니다.

역사 앞에서

미래를 품은 아이와

역사를 만들어가는 청장년과,

역사를 기억하는 어르신의 모습으로 기념사진도 찍고, 유물도 감상하는 모습이 매우 인상적이었습니다. 전시장 자체가 또 다른 역사의 장면이었기 때문입니다.

지역의 문화재가 지역에 있을 때 가장 아름답다는 사실도 다시 한번 보여주는 매우 인상적인 박물관이, 바로 국립 진주 박물관 이었습니다.

알토란 같은 특별전, 한국 채색화

특별전으로는 〈한국 채색화의 흐름 전시〉도 열리고 있었습니다. 매우 유명한 한국 채색화의 대표작들을 다 모아 놓은 알토란 같은 전시였습니다. 그야말로 한국화 전공 서적 안의 중요한 작품은 다 있다고 해도 과언이 아닐 정도의 좋은 전시였습니다. 한국화 인 줄 잘 모르는 정물로 된 병풍이라던가, 서양화의 영향을 받은 조선 후기의 채색화들도 매우 인상 깊었습니다.

서양화를 능가하는 조선의 화가들

조선 화가들의 뛰어난 묘사와 감각을 느낄 수 있는 전시입니다. 사실 현대 미술이 서양화를 근간으로 발전했기 때문에, 동양화는 원근감이나 구도, 정확한 묘사 능력이 마치 서양화보다 뒤떨어진 것처럼 설명되는 경향이 있는데, 절대 그렇지 않습니다. 묘사하고 싶은 철학이 다를 뿐입니다.

한국 채색화의 정수, 일월오봉도

일월오봉도 앞에 가면 의자가 있었는데, 잠시 앉아서 그림을 보면, **마티스의 강렬한 색감, 모네의 부드럽고 따스한 아름다운 질감, 몬드리안의 디자인적 화면분할, 샤갈의 상상력을 한 화면에 담은 것 같은 기분이 들었습니다.** 왜냐하면 일월오봉도는 우리 민족이 가진 철학으로 그린 그림이기 때문입니다.

모든 전시가 끝나는 지점에 기념품 가게가 있습니다. 1000원짜리 노트부터, 다양한 가격대의 다양한 제품이 있으니 편하게 둘러

보세요. 진주 박물관 방문 기념으로 민화 노트들을 구입 했습니다. 1000원의 행복이었습니다.

박물관 이용 시간, 사물함 위치

국립 진주 박물관 입구에서 오른쪽으로 가면 무료 사용 가능한 사물함이 있습니다. 무거운 가방이나, 불필요한 짐은 사물함에 넣어 두고 관람하실 수 있습니다. 입고 있던 점퍼와 가방 모두 사물함에 두고 가볍게 관람했습니다.

국립 진주 박물관

관람 시간: 9시에서 오후 6시까지 입니다.

마지막 입장 시간은 5시 30분까지 입니다.

https://jinju.museum.go.kr/kor/

'외롭지예?' 네? 아닌데요?
- 진주여행에서 진짜 일어난 일

인생의 새로운 장에서, 쉼표가 되 줄 진주여행

우리는 매일 인생의 다른 장을 써갑니다. 오랫동안 보지 못한 친구가 진주까지 와줬습니다. 보자마자 "신발 구겨 신으면 하늘 무너지는 줄 아는 사람이 무슨 일이냐?" 고 합니다.

맞습니다. 이번 여행의 시작부터 스니커즈를 접어 신고 출발했습니다. 무엇이 갑자기 저를 바꿔 놓았는지 모르겠습니다. 여행을 하다보니 제가 많이 바뀌었습니다. 집에서는 못 느꼈는데, 성격도 많이 변하고, 마음도 많이 편한 사람이 되었습니다.

네? 아닌데요? - 이게 진짜 일어난 일이라고요?

남강을 바라보며 강변에 앉아 있었는데, 70은 되어 보이시는 할아버지가 옆에 앉으시더니, “외롭지예?“ 물으십니다. 그냥 아무것도 안 하고 있었습니다. 날씨를 즐기면서, 남강을 감탄하면서, 저녁 뭐 먹을까 생각하고 있었는데, 너무 부드러운 목소리로 왜 그러셨는지 모르겠습니다. 진짜 일어난 일이라는 것이 믿기지 않습니다.

' 외롭지예? ' 이 언어는 제가 듣지 않았으면 구사할 수 없는 말이니, 꿈은 아닌 것이 확실합니다. 갑자기 저를 변호하고 있었습니다. 별생각이 없었는데, “아니에요 저는 괜찮아요. 오히려 좋아요.” 괜히 저렇게 답했습니다. 생각한 것보다는 많이 외로웠나 봅니다. 이번 여행은 저에게 탈출구 같은 것이라서 외로운 마음을 느꼈다기보다는 자유로웠다고 생각했는데 말입니다.

우연한 만남을 만나러 가는 길

제주도 집에서 출발할 때 택시를 이용했는데, 택시 기사 아저씨가, 젊었을 때 외항선을 타셨다고 하시면서, 전 세계 여행 이야기를 해주셨습니다. 도착한 삼천포에서는 안 가 본 곳이 없어 보이는 여행 고수가 살고 있었고, 다음에는 저를 손님으로 말고 동지로 생각해 주고, 따뜻하게 조언해 준 분도 만났습니다. 다른 도시, 다른 사람들의 삶을 구경하러 왔는데, 마음만 들키고 가는 느낌입니다. 뭔가 또 다른 인생의 장이 펼쳐졌나 봅니다. 이제는 여행에서 만나는 모든 것들을 좀 더 잘 이해하게 될지도 모르겠습니다.

여유 있는 시간을 가지는 법, 한달살기 여행

저의 이런 말도 안 되는 이야기가, 시간이 생겨서 갑자기 감상적으로 변한 마음이 바로, 한달살기를 떠나야 하는 이유입니다. 집이나 카페 사무실 밖을 나와서 강변을 바라보거나 전망대에서 도시를 바라보며, 평소에는 절대 하지 않을 것 같은 생각을 글로 써 내려가야 하는 이유일 지도 모릅니다.

우리 인생에 절대적인 것은 아무것도 없습니다. 심지어는 나도 나를 모르고 확신할 수 있는 것은 아무것도 없기 때문입니다. 내일 갑자기 운동화를 구겨 신는 사람이 되어 있을지도 모릅니다.

해외로 여행을 가는 것은 우리와 다름을 즐기러 가는 여행입니다. 생긴 것이 달라서 먹는 것이 달라서 신기하고 재미있는 여행입니다.

국내 여행은 나와 같음을 확인하러 가는 길입니다. 나와 입맛이 딱 맞아서, 취향이 똑같아서 다시 가고 싶은 그곳, 우리의 삶이 너무도 닮아서 그냥 앉은 모습만 봐도 "외롭지예" 묻게 되는, 그런 동지들을 만나러 가는 길입니다. 너무 생각이 많아진 것 같지만, 여행 중에는 다른 사람들 수다를 엿듣기도 하고, 괜히 다른 곳에서 오신 분들에게 말을 걸어 보기도 합니다. **같은 시대, 같은 세상을 공유하는 사람들을 만나러 가는 길이 바로 국내 여행입니다.**

혼자 여행의 맛

혼자 여행은 그래서 외롭지 않습니다. 진짜 외로운 것은, 모든 결정을, 남들이 가지 않는 길을 혼자 가는 것입니다. 인생을 나눌 사람 없이 혼자만의 길을 가는 것. 그런 외로움에서 벗어나기 위해 혼자서 여행을 합니다. 같은 시대를 함께하는 동지들을 만나기 위해서. 진주에 와서 강변에 앉아 있으면, 어떤 분이 말을 걸어 올지도 모릅니다.

" 외롭지예? "

한달살기 여행의 의미
-진주성 뒷골목 산책코스 추천

진주에서 한달살기나, 일주일 이상의 여행을 한다는 것은, 빠르게 진주성을 돌아보고, 남강을 둘러보고, 바쁘게 냉면과 비빔밥을 먹으러 다니지 않아도 된다는 뜻입니다. **여행에서 일상적이거나 업무적으로 해야 할 일을 만든다는 것은, 여행지에서 일상으로 한걸음 들어가 볼 수 있다는 뜻입니다.** 이마트로 생필품 사러 가는 일상적인 일을 계획했습니다. 진주에 사는 사람들처럼, 살아보는 여행을 시작했습니다. 여행 말고, 살아보기를 시도한 날 입니다.

진주성 뒷골목 산책코스 추천

골든 튤립 남강호텔 (진주시외버스터미널) - 진주 중앙시장 - 진주 교육청

앞 까페 거리 산책(중안동) - 이마트 - 인사동 골동품 거리 (에나길)

진주 중앙시장은 오후나, 주말에 갈것

숙소인 골든 튤립 호텔에서 출발해서, 진주 중앙시장을 먼저 둘러보러 나섰습니다. 나중에 생각해보니 중앙시장 구경은 오후에 가는 것이 훨씬 재미 있을텐데, 오전에 구경가서 조금은 썰렁한 모습이었습니다.

진주 중앙시장은 오징어 게임 인형이 생각나는 마스코트가 맞아주는 아케이드 시장이었습니다. 시장 입구에 일단 공영주차장이 있어서 주차하기는 매우 편리해 보입니다. 생각보다 매우 규모가 큰 아케이드 시장이었습니다. 수산시장, 식당거리, 잡화 등이 다 모여 있는 종합시장이었습니다.

논개시장, 청년시장, 야시장이 묶인 종합시장으로 시장을 살리려는 노력도 대단해 보여서, 섹션마다 올빰 야시장, 논개시장, 청년시장 등이 모두 진주 중앙시장 안에 들어 있었습니다. 초행인 사람들은 진주 논개 시장이랑 중앙시장이 다른 곳인 줄 알기 쉽습니다. 생각보다 규모가 크고 초행인 사람에게는 헷갈려서, 시장 지도가 있었으면 좋겠다는 생각이 들었습니다. 한번 헤매기 시작하니까 정신없었습니다. 구조가 그렇게 복잡하지는 않았는데, 아케이드 시장은 다 똑같아 보여서 어려웠습니다.

수산시장과 간식거리가 하이라이트인 곳입니다. 분식이나, 간식거리도 많았는데, 너무 이른 시간에 가서 다 준비중이었다는 슬픈 이야기입니다. 사실 시장이 사진찍기 좋은 곳이라고 하는데, 저는 시장에서는 유독 더 사진을 찍지 못하겠습니다. 열심히 일하시는데 놀면서 방해하는 것 같기도 해서 죄송한 마음도 들고 그렇습니다.

핫플 냄새 폴폴 나는 진주교육청 앞길

진주 중앙시장을 나와서 진주 경찰서와 진주교육청 앞길을 따라 걸으면, 이 거리가 뭔가 다른 것을 깨닫게 됩니다. 알고 간 것도 아니고, 이곳은 아마 진주분들도 자주 찾으실 듯한 중안동 까페거리입니다.

진주시민분들, 진짜 이 거리 이름 좀 알려주세요. 어떤 지도를 찾아도 거리 이름을 못 찾겠습니다.

조용한 카페거리, 중안동

예쁜 카페 옆에 예쁜 카페가 있는 거리가 바로 진주 교육청 앞길 중안동 카페거리 입니다. 이 거리에는 벤치도 많고, 산책하기도 좋습니다. 진주 한달살기 하면서 노트북 들고 나와서 카페에서 시간을 보내다가 근처 맛집에서 점심 먹고, 오후에는 다른 카페에 들러서 하루종일 여유있는 하루를 보낼 수 있는 곳입니다. 열흘이 채 안되는 시간 동안 여행을 해서, 그런 호사는 누리지 못했습니다. 이제 진주 근처에 친구도 생겼으니, 한번쯤 불러내서 카페에 앉아 수다 떨면서 할 일 없는 하루를 보내고 싶습니다.

뭐 이렇게 교육청도 이쁜 동네가 다 있을까요?. 5월에는 거리 가득 이팝나무가 가득 피어서 보기만 해도 그냥 설렜습니다. 교육청 앞이라서 보도블럭도 다릅니다. 에곤실레, 고흐, 클림트까지 다 보도블록에 불러들여 놓은 동네의 평범한 길입니다. 천천히 걷다 보니 없는 작가들이 없습니다. 요즘 육지는 보도블럭도 다 이렇게 이쁜건지, 진주가 특히 이쁜건지, 제주 촌놈은 구분이 되지 않습니다.

길따라 걷다보면 진주성이 보이고, 이마트가 보입니다. 이마트에 들러서, 보조배터리며 셀카봉도 사고 여행 준비를 다시 단단히 한 다음 인사동 골동품 거리로 향했습니다. 진주에 걷는 길은 〈에나길〉이 있습니다. 인사동 골동품 거리가 〈에나길〉 의 일부라서 기대되었습니다.

실망스러웠던, 인사동 골동품 거리

인사동 골동품 거리는 그렇게 길지는 않았습니다. 진주성 뒷길이 아니었다면 약간 흥미가 떨어지는 곳입니다. 만약 주말이나 행사에 맞춰서 방문했다면 모르지만, 진주에서 방문한 곳 중 유일하게 실망했던 곳입니다.

진주 마스코트 하모가 소개하는 진주 에나길의 한 구간이지만, 관광객에게는 흥미가 떨어지는 작은 벽화 거리였을 뿐이었습니다. **배경지식 없이도, 즐길 수 있고 볼거리가 있어야 하는데 실망스러웠습니다. 진주시 관광홈페이지에서도 소개하고 있어서 기대했는데, 안타까웠습니다.**

하모를 만난 김에 시작된, 망한 셀카 대회

거리를 따라 하모 조형물이나 벤치가 구간 전체를 걸쳐져 있는데, 하모가 아니었다면 진짜 실망할 뻔했습니다. 많은 하모 벤치에 앉아서 셀카 찍으면서 시간을 보냈습니다. 이날은 여행 사진을 잘 찍어봐야겠다는 각오로 나섰습니다. 혼자서 갑자기 좋은 여행 셀카를 찍는 것은 진짜 어려운 일인 것만 확인했습니다. 이날은 망한 셀카 대회가 되었습니다. **열심히 노력은 했는데, 너무 힘들고, 망한 사진만 늘어나고 정말 여행자답게 별일없이 잘 놀았습니다.**

진주성 뒷골목 산책코스 꿀팁!

반나절 코스로 이렇게 진주성 주변 거리를 돌아보셔도 됩니다.

1.진주 중앙시장은 오후나 주말에 둘러보시기를 추천하고,

2.중안동 카페커리는 카페 투어할 만한 곳 입니다.

3.인사동 골동품 거리는 비추지만, 하모 벤치에서 무한대로 사진

찍고 싶으시면 추천합니다.

시간이 느리게 가는 버스 여행의 맛을 즐기며,
진주 레일바이크 타러가기

시간이 느리게 가는 듯한, 버스 여행의 맛

진주 여행 둘째날 오후에는 진주 레일바이크를 타러 갔습니다. 진주 시내에서 내동 초등학교 가는 버스를 타시면 됩니다. 오랜만에 음악을 들으면서 버스 타고 여행하니, 풍경도 보이고, 설레였습니다.

버스 안에서 나만 듣는 음악을 크게 들으면서 차창을 바라보면, 세상에 나만 존재하는 듯한 망상에도 빠집니다. 그 순간, 햇빛도 더 빛나 보이고, 시간도 느리게 가는 듯한 기분도 듭니다. 어디로 갈지 모르는 생각도 차고 넘쳐서, 잊었던 내 안의 생각의 바다와 만나게 됩니다.

일상이 아닌 버스 여행의 이런 기분, 기억하시나요?

진주 시내에서 버스 타는 법은 어렵지 않습니다. 멀겠다, 싶었던 거리도 겨우 30분 남짓일 때가 많고, 금방 교외로 나가기 때문에 여유있게 버스 타고 다니기에 좋았습니다. 물론 택시 기본요금으로 갈 수 있는 곳도 많아서 택시를 타고 이동해도 부담스럽지 않은 곳이 진주였습니다.

진주에서 버스타는 팁

-진주 시내버스는 카카오 맵 보다는 네이버가 조금 더 편리했습니다.

- 앱에 대체버스 번호가 표시되는데, 250번이면 251.252.253 등 시골 지역의 목적지가 조금씩 다른 버스가 많이 있었습니다. 적응하시면 금방 확인하면서 탈 수 있습니다.

- 버스 타고 한 시간 갈 만한 거리가 거의 없어서 편리합니다. 멀리 멀리 돌아가도 40분입니다. 시간에 별로 개의치 않고 진주 풍경을 구경하면서 다녔습니다.

- 가끔 배차시간이 뜸한 곳이 있고, 가끔 버스로 갈 수 없는 곳이 있습니다.

- 버스비는 1500원 정도인데, 택시 기본요금이 3,300원이라서 버스 타기에 택시비가 너무 저렴합니다.

진주에서 살아 보기 한다면, 버스 여행도 추천

진주 버스의 장점은 시내에서 먼 곳이 별로 없어서, 마음에 드는 곳, 아무데서나 내려서 놀다가도 됩니다. 혹여 알 수 없는 곳에 내리더라도 택시비가 크게 부담스럽지 않습니다. 버스 여행만의 맛, 버스 안에서 하는 공상들을 기억하고 싶으시다면 진주에서 버스 여행도 해보시기를 추천합니다.

버스터미널에서 내려서, 레일바이크 타는 곳까지 걸어가면, 매표소가 나타납니다. 티켓을 구입하면서 사장님께 오늘 많이 걸어서 힘들었다면 커피를 샀는데, 걸어오셨냐며 깜짝 놀라셨을 정도로 진주성에서 멀지 않은 거리입니다. 자전거 타고 하이킹도 많이 오시는 구간입니다. 입장권은 자동판매기에서 구입하시면 됩니다.

진주 레일바이크
입장료 9000원 /소요시간 40분 정도
http://www.jinjurailbike.com/

진주 레일바이크 꿀팁은 간식을 준비하시라는 것, 남강변을 따라서 바람 맞으면서 하이킹하게 됩니다, 간식 먹으면서 달리면 2배는 풍경이 아름다울 것 같습니다. 레일바이크 좌석에 컵 홀더도 있어서 음료를 매표소에서 구매하거나, 미리 준비해가도 두 손이 자유롭게 즐기실 수 있습니다.

진주 레일바이크를 즐기는 법

터널을 통과하면서 출발하게 됩니다. 코스는 반환점을 돌아오는 코스입니다. 모든 풍경을 두 번 볼 수 있는 것이 장점입니다. 갈 때는 열심히 사진도 찍고 놀고, 올 때는 풍경을 감상하면서 돼지런하게 먹으면 됩니다. 친구도, 간식도 없이 갔다가 겨우 커피 하나 구입해서 탔습니다.

40분간의 힐링, 남강변 따라 하이킹

가는 길이 대단하게 꾸며진 곳은 아니지만, 심심치 않게 꽃구경도 하고 조형물도 구경하고, 셀카 찍으면서 즐겁게 갈 수 있습니다. 제주 레일바이크는 전동이라서 발만 얹고 있으면 되는데, 진주 레일바이크는 페달을 밟아야 전진합니다. 이게 더 재밌었습니다. 사람이 없으면, 눈치 보다가 멈추기도 하고, 사진도 찍고, 하면서 가기 좋았습니다. 왕복 40분이라서 아무 생각 안하고 힐링 되는 시간을 보낼 수 있습니다. 부부나 연인끼리, 가족끼리 같이 가기 좋은 곳이지만, 혼자 여행자에게도 심심하지 않은 곳 중 하나입니다.

혼자 여행 온 사실을 까먹을 만큼, 은근 바쁨

페달 밟고, 혼자 사진도 찍고 커피도 한 모금씩 하려면 은근 바쁩니다. 혼자 여행 온 것 까먹을 지경, 셀카도 찍고 영상도 찍고 하다 보니 40분이 지루할 틈이 없었습니다. 천천히 다녀왔는데도, 아쉬웠습니다. 돌아갈 때는 사진도 거의 안 찍고, 음악 들으면서 즐겼습니다.

하모도 타러 온 진주 레일바이크

돌아오면, 내리는 곳에 간단한 놀이기구가 있습니다. 아마 아이들이나 커플들은 이용하시기도 하시는 것 같습니다. 사장님께 진주 레일바이크는 언제가 가장 아름답냐 뭐 이런 이야기 물었는데, **진주 마스코트인 하모가 불과 몇 시간 전에 다녀갔다는 소식을 들었습니다.**

관광 홍보 영상을 찍고 갔다고 하는데, 조금만 일찍 왔더라면, 하모를 만날 수 있었는데, 안타깝습니다. 며칠 후 논개제에서 하모를 만나게 될 줄 이때는 몰랐습니다.

진주 자전거 하이킹 명소, 독산터널

레일바이크를 타러 간 날이 진주 여행 2일차 였습니다. 이때까지는 진주 지리를 잘 몰라서 여행 동선이 마구 꼬이기 시작합니다. 진주 레일바이크 옆에 독산터널이 있습니다. 레일바이크 바로 옆인 줄 알았다면, 자전거로 왔을텐데 아쉬웠습니다. 잠깐 사진 촬영하는 동안에도 매우 다양한 종류의 자전거, 킥보드, 산책하시는 분들이 지나가셨습니다.

남강대교- 독산터널로 이어지는 자전거 코스

진주 내동 독산터널로 이어지는 자전거 길은 남강대교를 자전거로 건너서 올 수 있는 코스입니다. 다리도 건너고, 터널도 지나는 자전거 코스는 정말 매력적입니다. 다음에는 꼭 자전거로 가고 싶은 코스 중 하나입니다.

이날은 편하게 레일바이크 타고, 충전하고 노는 것이 목표였습니다. 그래서 저는 저녁을 두 번 먹으러 갔습니다. 진주는 힘 닿는대로 먹어야 하는 여행지입니다. 충전은 확실히 되었습니다.

캠퍼스에 흘러 넘치는 젊음과 자유 한모금,
-강주연못, 경상 국립대 방문기

이상하게 아름다웠던 어떤 곳 보다도 내것도 아닌데 익숙했었던, 버스정류장이나 자주 가던 지하철역이 그리울 때가 있습니다. 애초에 내것도 아니었는데 왠지 추억의 장소가 되는 지하철역 다 하나씩 있으신가요? 매일 아침을 시작하던 진주성 뒤의 농협 버스정류장에서는 거의 모든 노선의 버스가 지나갑니다.

봄 벚꽃, 여름 연꽃이 아름다운 강주연못

봄에 아주 아름답다는, 진주 시내에서 멀지 않으면서도 여름에는 연꽃이 가득 핀다는 강주 연못으로 향했습니다. 벚꽃도 연꽃도 아직 없는 시기라서 인기가 덜하기는 했지만, 근처로 나들이 나오신 분들이 꽤 있었습니다.

조용히 교외로 나가 차 한잔하고 올 수 있는 곳

강주 연못 공원은 벚꽃과 연꽃 사이의 계절에 찾아갔습니다. 가장 볼 품 없을 때 찾아갔지만, 큰 나무들이 그늘을 만들어 주고, 연못을 따라 산책할 수 있는 평화로운 공원입니다. 아마 봄에 벚꽃 필 때나. 조금 더 있다가 6월말쯤 연꽃 필 때 갔다면, 훨씬 아름다웠겠지만. 그날은 들뜬 제 마음만큼 아름다웠습니다.

여유를 가지고 산책하러 갈만한 곳

연못을 기준으로 산책로가 빙 둘러 있는데, 한 두 시간 투자하지 않고는 다 돌아보기 힘듭니다. 이럴 때는 도란도란 같이 산책할 사람 있으면 좋겠습니다. 이팝나무가 연못 주위로 가득 핀 것을 기대하고 갔는데, 강주연못에는 이팝나무는 없었습니다. 연못 가운데로 다리도 있고, 정자도 있고, 입구에는 카페나 매점도 있어서 진주 시내서 잠깐 드라이브 삼아 나오기 너무 좋은 곳이었습니다. 진주 한달살기 한다면 매일같이 들락날락하고 싶은 곳이 강주 연못이었습니다.

5월 초에 다녀왔습니다. 연못 가운데로 지나는 산책로가 이렇게 아름다운데, 꽃 필 생각이 1도 없는 연잎들. 각오는 하고 갔지만, 안타까웠습니다. **그래도, 다녀오지 않았다면, 영영 궁금한 곳으로 남았을 것입니다.**

꽃이 없다면, 자라? 거북이? 찾아보세요.

살짝 실망스러울 무렵, 연못 기슭에서 자라? 가 첨벙 첨벙거리면서 움직이는 것을 발견했습니다. 한낮이기도 하고 천천히 움직이는 데도, 돌 위에라도 앉아 있다가 뛰어드는지 첨벙거리는 소리가 꽤 큽니다.

내가 세상을 아름답게 본 만큼 담을 수 있는 사진

신기하게도 사진에는 마음과 기억이 담깁니다. 별다른 특별한 것 없이, 꽃 구경도 못 하고, 날씨와 풍경을 즐기면서 즐겁게 다녀왔습니다. 사진을 잘 찍는 사람이나 못 찍는 사람이나 사진에는 그날의 감정이 담기는 것 같습니다. 내가 아름답게 본 만큼만 담을 수 있는 것이 사진 입니다.

버스정류장 옆, 기차 건널목에서

서둘러서 강주연못을 떠났습니다. 돌아가는 길도 버스를 이용했는데, 여행의 여유 때문인지 버스정류장도 분위기가 달라 보입니다. 강주연못 버스정류장만의 특별한 풍경도 있습니다. 바로 옆에 있던, 기차 건널목입니다. 우리나라는 기차 건널목이 많이 없어서, 누군가와 같이 왔으면 나를 넣어서 사진 찍고 싶은 풍경입니다. 혼자 여행은, 먹을 때, 사진 찍을 때가 참 아쉬운 것 같습니다.

강주 연못 공원

진주성에서 버스로20분 정도 거리 / 한시간 정도 둘러볼 수 있는 연못

주차장이 넉넉한 편

경상남도 진주시 정촌면 예하리 911-11

국립대의 위엄, 크고 아름다운 경상대학교 가좌캠퍼스

마음만은 유명 여행작가인 저는, 서둘러서 경상 국립대학교로 갔습니다. 어릴 때 지방에 살았는데, 근처 대학에 가서 놀았던 기억이 떠오릅니다. 한달살기 같은 여유있는 여행을 하신다면 그 지역의 대학 캠퍼스를 둘러보시는 것도 남다른 여행이 될 수 있습니다.

지리산 모양의 맥도날드 정문

경상대는 도착하자마자 연꽃같이 생긴 교문이 맞아 줍니다. 지리산을 모티브로 만들었다고 합니다. 학생들은 맥도날드라고 한다고 위키피디아에 나와 있습니다. 외부인이 보기에는 학교만의 정체성 같고 좋아 보입니다. 입구를 지나면 바로 GNU둘레길이 있습니다. 이팝나무 꽃이 가득한 길이었습니다.

이팝나무가 가득했던, 보들보들한 경상대 둘레길

이팝나무를 알고는 있었는데 길에 가득한 모습은 처음이었습니다. 이팝나무 꽃은 보들보들 모피처럼 아름다운데 왜 다들 벚꽃 구경만 갈까 의아할 정도였습니다. 토끼로 만든 듯한 이팝나무를 보고 있으면 마음까지 보들보들 해집니다. 경상 국립대학교를 방문한 이유는 박물관에 가기 위해서였는데, 이팝나무 가득한 둘레길로 샜습니다. 이팝나무는 질감 때문에 사진을 찍어도 유화처럼 나옵니다. 뭔가 쑥 튀김 같기도 하고, 눈이 내린 것 같기도 한 풍경입니다.

추억 돋는 대학교에 놀러 가기

캠퍼스도 예쁘고 날씨까지 좋은 날이었습니다. 모든 것이 완벽하고 제 마음도 20살 그때 같은데, 이제는 벌써 교수님 나이가 되었습니다. 이날은 분홍색 블라우스에 세미 정장 코트를 입고 갔습니다. **설레는 캠퍼스 길을 따라 룰루랄라 들어가는데, 시간이 지날수록 알 수 없는 위화감이 들었습니다. 저는 이제 마음만 대학생이었습니다.** 이날따라 얼마나 교수님 느낌이 뿜뿜하던지, 아무 강의실이나 들어가서 출석 부르면 될 것 같았습니다. 아마 이제는 강의실에서는 출석을 안 부를 것 같기는 합니다.

예전에는 어른들이 마음만은 20살이라고 하면, 설마 하는 생각에 이해하지 못 했었습니다. 이제는 백분 이해합니다. 20살의 내가 그냥 한참 더 살아왔을 뿐.

캠퍼스에 흘러 넘치는 젊음과 자유를 한 모금 마실 수 있는 곳

캠퍼스 풍경도 많이 달라졌습니다. 학생들은 킥보드를 타고 캠퍼스를 누비고 있습니다. 미래 대학 느낌이 납니다. 이렇게 캠퍼스가 큰 대학들은 학생들을 만나기가 어려운 경향이 있는데, 삼삼오오 떠들면서 지나다니는 학생들의 기운을 흠뻑 받고 왔습니다. 오랜만에 학생이 된 것 같아서 즐겁기도 하고, 지난 세월이 아쉽기도 합니다.

옛날 생각 나는 대학 캠퍼스 산책 어떠신가요?. 얼마나 옛날이냐만 다를 뿐……

에스프레소라도 즐긴 듯한 가야인들의 흔적 -경상대 박물관

박물관 덕후에게 최적의 여행지 진주

박물관 덕후에게 진주는 가야 할 곳이 너무 많은 도시였습니다. 진주에 많은 대학 캠퍼스를 거니는 것도 좋고, 대학 안의 한적한 박물관을 들르는 것은 최고의 휴식이었습니다. 대부분 대학이 소유한 박물관들은 무료인 곳이 많고, 사람이 많지 않은 경우가 많습니다. 규모가 큰 국립대라면 좋은 내용의 특별전도 운 좋게 만날 수도 있습니다. 대학 박물관에 가는 것은 학생으로 돌아가는 것 같은 착각도 듭니다.

경상 국립대학교 박물관/ 고문헌 도서관

요즘은 대학교 부속 박물관도 시설이 매우 잘 갖춰져 있습니다. 예전 대학교 부속 박물관들은 유물은 많아도 전시실이 낙후된 경우가 많았습니다. 경상대 박물관도 내용도 시설도 좋은 전시였습니다. 특히 중학생이나 고등학생들이 와서 보면 좋은 내용의 전시였습니다. 글로만 배우던 고대 문화가 손에 잡힐 듯 전시되어 있습니다.

가야, 경남지역의 고대 문화를 한번에 담은 곳

경상대학교 박물관은 고문헌 도서관이기도 합니다. 상설 전시로는 선사실 - 여러 가야실 - 다라국실 - 고문헌실 이렇게 이어지는 고대 문화 유물을 볼 수 있는 곳입니다. 우리가 알고 있는 〈가야〉, 〈금관가야〉는 김해지역을 중심으로 한 전기 가야라고 합니다. 후기 가야에는 〈고령가야〉라고 하는 진주지역을 중심으로 한 문화권이 있었다고 합니다. 흔히 알듯이 김해지역 뿐아니라 진주지역도 후기 가야의 중심지였습니다. 그래서 **선사시대부터 가야시대를 아우르는 상설전시를 볼 수 있습니다.**

선사실부터 시작되는 상설 전시실은 강렬하게 인류의 시작을 전시하고 있습니다.

항상 구석기 시대의 유물을 보면서 느끼는 점이지만, 생각보다 너무 정교하다는 것입니다. 원시인류이면서, 언어도 미천하던 그때의 사회가 생각보다 고도화된 것에 항상 놀라고는 합니다.

빚어 만든 용기에 거친 무늬, 유인원을 겨우 벗어난 인류가 만든 장난 같은 도구를 상상하게 되는데, 사실은 정말 문명의 시작이라고 볼 수 있는 정교한 유물들은 인류사를 처음부터 다시 생각하게 만듭니다.

선사 인류는 원시인인가? 고인돌 가족인가?

먹고 사는 문제가 해결되지 않았던 그때에 왜 인류는 토기 그릇에 이러한 무늬를 시간을 들여서 만들었을까요? 표현하고 싶은 본능, 그것이 모든 인류의 공통점이 아닌가 싶습니다. 우리가 역사책에서 보던 토기들은 크기가 매우 컸고, 정교합니다. 선사 인류를 유인원을 갓 벗어난 원시인으로 묘사하는 것은 무지한 일인지도 모릅니다.

고인돌 가족으로 유명한 〈프린스톤〉이라는 만화가 오히려 현실적인 느낌이 들 정도입니다. 신석기 시대로 넘어가면, 〈프린스톤〉 만화가 왜 나왔는지 알게 됩니다. 석기로 제작했을 뿐이지 매우 정교한 생활용품들이 전시되어 있기 때문입니다.

와일드 라이프를 즐겼을 강하고, 섬세한 고대인

돌로 만든 낫입니다. 돌로 만든 낫의 날을 세우려면 얼마나 가공하는데 시간이 많이 걸렸을까요? 얼마나 돌의 성질을 잘 이해했어야 할까요? 가공 기술이 너무 섬세합니다. 돌로 된 낫을 사용하려면 사용자의 체력도 단련되어 있었을 것입니다. 강한 근력과 기술을 가진 인류, 와일드 라이프를 즐겼을 듯한 또 다른 매력에 빠지게 됩니다. 선사시대라는 말로는 다 담기 어려운 고대인 입니다.

장미칼의 선조인 석검

석검은 깨져 있는 경우가 많이 있습니다. 석기의 특징 때문입니다. 신석기 시대로 넘어오자 검과 화살촉등의 정교함은 놀라울 정도가 되었습니다. 이집트 박물관에서 정교한 유물에 감탄한 적 있었는데, 그에 못지않은 정교한 선사시대 유물을 만날 수 있습니다. 이제 고대인들이 이뤘던 놀라운 기술들이 이해가 됩니다.

우리가 지금 플라스틱 시대를 살면서, 온갖 가볍고 단단한 물건들을 플라스틱으로 다 만들어 내고 있다고 착각하기 쉽습니다. 그러나 몇 년 전까지만 해도 우리는 모두 천 캐리어를 들고 다녔고, 낚시대나 첨단 카본제품들도 나무로 된 것이 많았습니다. 적절한 비유인지는 모르겠지만, 선사시대부터 우리는 이런 방식으로 발전해 온 것 같습니다.

돌로 만들던 단검을 철로 만들고, 이제는 스테인레스를 넘어서 장미칼이 되듯이 고대에서 현대는 그렇게 이어지지 않았을까 싶은 상상을 해봤습니다.

필요를 넘어 취향을 더한 가야의 문화

가야로 넘어오면, 기술과 섬세함을 넘어 취향이 가미됩니다. 아마 이제는 눈치 볼 사람이 생겼거나 지불하는 사람이 생겼다는 뜻입니다. 가야의 대표적인 굽이 있는 토기만 봐도 알 수 있습니다.

이제 저장하고 익혀서 먹는 수준을 벗어났습니다. 손님 대접도 해야하고, 음식 종류에 따라 다른 그릇을 사용하고 싶은 욕망이 생겨난 것이 보입니다. **필요는 이미 충족되었지만, 인류의 욕망은 이제부터 시작입니다. 취향은 욕망의 고상한 다른 이름입니다.**

이태리 수입그릇을 사용한 가야인, 당신은?

가야가 어떻게 고대국가입니까? 박물관에는 기대 이상으로 섬세하고 아름다운 그릇들이 전시되어 있습니다. 디자인이 어찌나 현대적인지 지금 나와도 잘 팔릴 듯합니다. 가야 유물 중에서 로만 글라스도 나왔다고 합니다. 로마에서 수입한 유리 제품입니다. 이쯤되니 우리집에는 이태리 유리잔이 있던가? 살짝 빈정이 상합니다. 수입 유리컵을 사용하고, 정교한 그릇들을 사용하던 가야 문명을 더 자랑해야 할 것 같습니다. 저만 몰랐나요?

에스프레소라도 즐긴 듯한 가야인들

가야 사람들이 사용하던 컵도 전시되어 있습니다. 손잡이도 있고, 크기도 아주 작은 것부터 벤티를 넘는 사이즈까지 있습니다. 꼭 요즘의 머그 모양으로 생겼습니다. 작은 것은 에스프레소잔 말고 다른 이름을 붙이기 어려울 정도입니다.

이쯤되면 가야 사람들이 아침마다 라떼라도 만들어 마신 것이 아닌가 싶습니다. 집에 에스프레소 머신 있으신가요?

기억해야 할 이름, 단봉문 환두대도

다른 편에는 무기와 갑옷들도 전시되어 있습니다. 유럽 중세 기사의 복식은 영화에서 하도 봐서 익숙하지만, 가야 장수의 갑옷도 화려합니다. 말도 갑옷을 입혀줬을 정도라니, 화살이나 칼의 살상력이 만만치는 않았을 것 같습니다.

경상대학교 국립 박물관의 하이라이트는 단연 〈단봉문 환두대도〉입니다. 환두대도는 손잡이에 둥근 고리가 있는 한반도에서 가장 많이 쓰인 유형의 도검이라고 합니다. 단봉문은 보통은 붉은 봉황무늬를 가리킨다고 합니다. 봉황무늬의 둥근 손잡이를 가진 도검입니다. 장식용 도검류 제작하시는 분들이 요즘도 소장용으로 많이 만드실 정도로 아름다운 칼이었습니다. 익숙한 금제 유물들과 비교해봐도 매우 정교했습니다.

국립대의 클라스를 자랑하는 보물들

경상대는 보물급 진품 유물도 많이 보유하고, 전시하고 있습니다. 사설 박물관에 만원 내고 가도 보물급 유물은 보기 어려운데 국립대 박물관이라 클라쓰가 다릅니다. 지역 유물은 꼭 그 지역에 있어야 한다는 생각입니다. 진주에서 본 유물은 진주 역사여야 하고, 서울에서는 복제를 봐도 됩니다. 그래야 그나마 역사를 기억하기 쉽지 않을까요?.

진품을 전시하는 힘은 바로 그런 것 같습니다. 요즘은 복제품 전시도 진품과 구별되지 않을 정도로 똑같은 경우가 많지만, **진품이라는 작은 표식은 주의를 환기 시킵니다. 만약 그곳이 그 역사의**

현장이라면, 역사 앞에 선 우리는 말 못 할 감격과 감동을 가질 수 있습니다.

귀여운 토우들

금 귀걸이도 아름다웠고 진품이었지만, 익숙했기 때문인지, 다른 유물들에 더욱 관심이 쏠렸습니다. 용도를 모르겠는 이 귀여운 토우 때문입니다. 대학 때 들었던 한국 미술 시간에 연금술 같은 이야기를 들었습니다. 한국 미술에 흥미를 가지라고 재미로 들려주신 이야기였습니다. 한국 미술 이야기는 다 잊었지만, 신비한 토우가 가진 마술 같은 이야기는 아직도 강렬히 남아있습니다. 토우가 잔뜩 얹어진 그릇 사진을 가져오신 교수님이, 문자 기록이 활발하지 않던 고대에 토우는 하나의 레시피 기록이었을지 모른다는 이야기를 들려주셨습니다. 만약 냄비 위에 개구리와 나뭇잎 알 수 없는 사람의 조합이라면, 재료는 개구리와 나뭇잎을 넣고 썰거나 다져라, 이런 내용일 수 있다는 것입니다. **이런 상상은 과거를 더 매력적으로 상상할 기회를 줍니다. 이 토우들은 어디에서 떨어져 나온 것들이었을까요? 무엇의 레시피였을까요?**

생각보다 재밌었던 고문헌 전시실

고문헌 전시실입니다. 고문헌 전시실에 들어서면서 '책이라 재미없겠군' 중얼거리면서 들어갔습니다. 들어가자마자 수업을 할 수 있도록 꾸며진 정자가 꾸며져 있습니다. 박물관에서 하는 수업이라, 교과서 안으로 들어가는 셈입니다.

주민등록대장이 이렇게 재밌을 일

고문헌 전시실도 재밌었습니다. 주로 공문서 전시입니다. 엄청 큰 책상만한 공문서가 가장 먼저 눈에 들어왔습니다. 전출입 신고를 기록하는 책인 셈인데, 주민들을 다 기록했기 때문에 책이 엄청 큽니다. 해리포터에 나오는 책들처럼 매우 큽니다. 판타지 영화에 마법서나 중요한 책들이 이런 동양의 책이라면 어떤 느낌일까요?

쓸데없는 상상을 하면서 동사무소의 주민등록 대장을 보고 있었습니다.

토지대장

토지대장도 있었습니다. 주민등록부는 소유관계랑은 상관이 없어서, 간편하게 수정하고 기입 되어 있었습니다. 반면, 토지대장은 별

써 도장이 등장하고, 빨간색도 많고, 간인도 보입니다. 방법만 달랐을 뿐 소유관계 서류가 확실해야 하는 것은 예나 지금이나 비슷해 보입니다.

바위 안에 문서를 보관한 〈이안장암〉

특별한 경남의 문헌 보존 사례도 전시되어 있습니다. 〈이안장암〉이라고 하는 문화라고 합니다. 마을의 역사나 중요한 문서를 속을 파낸 바위 안에 넣고 영구 보존하는 방법입니다. 아마 전쟁으로부터 문서를 보호하는 방법이었나 봅니다. 매우 들기 힘든 무거운 돌 안에 문서를 보관하다가 30년에 한 번씩 꺼내어 업데이트를 했다고 합니다. 기록을 보물보다 귀하게 여기는 우리 민족의 특성을 잘 보여 줍니다.

특별한 나비와 곤충들

특별전으로는 나비와 곤충을 다룬 전시가 이뤄지고 있었습니다. 한 마리, 한 마리가 다 신기해서 사진을 백장은 찍은 것 같습니다. 교실 하나 크기의 작은 전시실이었는데 벽을 가들 채운 곤충들을 다 둘러보려면 생각보다 시간이 꽤 걸립니다. 개체마다 다 다른 아름다움이 있어서 눈을 뗄 수 없기도 합니다.

곤충표본을 만드는 과정도 함께 전시되어 있어서 흥미로웠습니다. 곤충을 바스러지지 않도록 말리는 법, 표본을 보관하는 법까지 과정이 전시되어 있었습니다. 미처 몰랐던 방법들이 많았습니다. 요즘은 작은 전시를 하더라도 이야기를 담아서 더 재미있습니다.

아이들을 위한 체험공간

어린아이들이 이용 할 수 있는 체험공간도 1층에 있었습니다. 탁본뜨기처럼, 만지고, 움직이면서 할 수 있는 체험이 생각보다 많이 준비되어 있어서 아이들과 함께 가셔도 좋을 것 같았습니다.

진주 여행의 맛 박물관 투어

경상대 박물관에서 마주친 관람객은 2명이었습니다. 사실 전시 중에서도 선사 유물들은 가장 흥미가 떨어지는 편이라서 저도 이렇게까지 자세히 시간을 들여서 흥미롭게 본 전시는 없었습니다. 아무도 없는 전시실이 주는 여유가 아니었을까 싶습니다. 조금 떠드는 아이들과 함께 가도 좋고, 중고등학생이랑 같이 가서 미리 대학 캠퍼스의 여유도 느끼게 해주시고, 역사 이야기 할 수 있는 좋은 곳 입니다. 박물관 덕후라면 당연히 가야 합니다. 진주 여행의 맛의 전반은 박물관 투어가 아닐까 싶습니다.

박물관을 나와서 아름다운 경상 국립대학교 캠퍼스를 좀 즐기다가 돌아갔습니다. 5월초에는 이팝나무가 가득 했었는데, 워낙 캠퍼스가 크고 나무가 많아서 언제나 아름다운 곳 일 듯 합니다.

대나무 숲이 아름다운 진주 걷고 싶은 길,
가좌산 남부 산림 연구소, 수목 종합 전시원

우연히 만나게 된 진주의 걷고 싶은 길

여행할 때 블로그나 관광 지도를 참고하기는 하지만, 주로 지도를 봅니다. 지도에서 관광지나, 학교, 공원 등을 찾아서, 동선을 만들어 움직입니다. 유명한 관광지를 가는 것 보다는 저만의 여행을 하고 싶어서라고 말하고 싶습니다. 사실은 효율적으로 움직이기 위해서이고, 나만의 여행지를 찾고 싶은 욕심이 커서입니다. 그렇게 지도를 찾다가 레이더에 딱 걸린 곳은 **남부 산림 연구소 수목 종합 전시원입니다.** 진주 경상대학교 근처에 연암공대가 있는데, 두 곳이 방향이 같아서 가면서 들리면 좋겠다 싶었습니다.

제9로 가좌산 산책로 / 진주 걷고 싶은 길 / 도심 속의 테마 숲길

다양한 이름으로 불리는 진주 경상대학교 옆의 도심 속의 산책로입니다. 지도를 찾아도, 정보가 별로 없고, 아침부터 강주연못에 경상대 박물관까지 다녀온 저는 너무 높으면 올라가기 싫었습니다.

동행과 함께 서먹하게 걷는 길

산책 나오신 분께 정상까지 얼마나 걸리냐고 물었습니다. 묻기만

했을 뿐인데, 얼마 안 걸리니, 동행하자고 하십니다. 생각해 볼 겨를도 없이 진주의 걷고 싶은 길을 걷게 되었습니다.

제9로 가좌산 산책로- 어울림 숲길, 대나무숲길

갑자기 길을 훤히 아는 동행이 생기면서, 정확히 어떤 루트로 다녀왔는지 확신을 못하게 되었습니다. **어울림 숲 길-대나무 숲 길이** 이어지는 길로 다녀온 것 같습니다. 도심에서 5분 들어왔을 뿐인데, 울창한 숲이 있었습니다. 산책로도 매우 다양한 루트로 설치되어 있어서, 처음에 가면 길을 헤멜 수 있겠다는 생각이 들지만, 복잡하지는 않습니다. 산책로마다 테마를 정해서 다른 수종을 심고, 다른 풍경으로 설계한 숲길이었습니다.

집으로 초대해주신 감사한 동행

어디서 왔고, 여행 중이고, 이런저런 이야기를 나누면서 오랜만의 동행을 즐겼습니다. 진주를 여행하고 있다는 이야기를 들으시더니 갑자기 같이 집에 가자고 하십니다. 좋은 여행지도 소개해주고, 같이 여행도 하자면서 급 초대하시는데, 감사하지만 거절했습니다. 이 때까지만 해도 저는 '언제 한번 밥 먹자' 같은 표현으로 생각했습니다. '진주로 여행 오신 것을 환영합니다' 의 최상급 표현 정도라고 이해했습니다.

여행이 길어질수록, 진짜 내가 원하기만 했다면 집에 데려가 주실 분들이 생각보다 많다는 것을 알게 되었습니다. **'여행 중에 정말 그런 일이 일어날까?' 싶은 생각이 드실 것이라 생각합니다.** 혼자 하

는 국내 여행은 그 어떤 해외 여행보다도 더 많은 에피소드와 추억이 생기는 것이라는 것을 이번 여행으로 알게 되었습니다.

5월에만 볼 수 있는 죽순이 자라나는 풍경

5월초에만 볼 수 있는 풍경을 보여 주시겠다면서 발걸음을 재촉하십니다. 딱 이 시기에만 볼 수 있는 풍경이라니, 바로 죽순이 솟아나는 풍경을 보여 주려고 서두르십니다. 마침 대나무 숲을 정리하는 작업이 한창이었습니다. 제초기로 풀도 베고, 아무데나 솟아난 죽순도 정리하고 계셨습니다. 산책 나온 아주머니들은 길가에 버리는 죽순을 주워가십니다. 생전 처음 보는 광경이었습니다.

진주 시민들께 추천하는 걷고싶 은 길

진주시민 중 가보지 않은 분들 계시다면, 여기 대나무 숲 추천합니다. 진주 여행 3일만에 진주 가이드가 되었습니다. **혼자 왔으면 안 왔을 길입니다. 아무데서나 쑥쑥 자라나고 있는 죽순들을 처음 봤습니다.** 너무 빨리 자라서 솟아나는 소리가 들린다는 죽순이 숲속 가득했습니다. 다른 관광지와 달리 대나무에 낙서 하나 없고 울창하게 끝없이 이어져서 아름다웠습니다. 포인트마다 풍경이 조금씩 변해가면서 사진찍기 좋은 곳이었습니다. 원피스 착장 필수입니다.

1시간이 채 안 걸리는 산책코스로 힘들지 않습니다. 한여름에 특히 좋을 것 같은데, 대나무 숲이든 침엽수림이든 숲이 울창해서 햇빛 하나 없어 피서하기 딱 좋을 것 같았습니다. 저는 이제 죽순이 자라나는 모습을 아는 사람입니다.

제9로 가좌산 산책로 찾아가는 법

지도 어플에서 〈남부산림연구소〉 〈수목종합전시원〉을 검색하시고 가시면 됩니다.

다른 지명도 있는데 제가 모르는 것인지는 모르겠습니다. 가좌산 산책로를 나와서는 연암공대를 거쳐 석류공원으로 가려고 했으나, 연암공대는 외부인이 출입금지 라고 합니다. 바로 석류공원으로 향했습니다.

112신고로 시작한 오늘,
-석류공원 산책길

점점 특별해지는 중인 진주여행

진주 여행 3일차 까지는 기운이 남았는지, 동선을 잘 짰는지 많은 곳을 다녀온 것처럼 보였지만 세상 거북이 여행자가 따로 없었습니다. 이상하게 진주 여행에서는 에피소드가 많아서, 빨리 다닐 수가 없었습니다.

하루 동안 경상대와 가좌산 산책로, 연암공대, 석류공원이 가까워서 한 코스로 묶어서 다녀왔고, 연암공대만 외부인 출입 금지라서 못 가고 왔습니다. 학교 입구에서부터 사진 찍으면서 갔더니 못 들어가게 하십니다.

덕분에 진주사람들도 안 가봤을 연암공대 뒷길로 석류공원을 향해 갔습니다. 이렇게 코스가 꼬여서 아무도 여행하지 않는 길을 만나면 너무 행복해집니다. 보통 주택가를 걷는 것으로도 이렇게 설레고 행복한 것은 여행이기 때문입니다.

난생 처음 112신고를 해본 석류공원

석류공원 입구에서 아주머니 한 분이 경찰을 봤느냐고 물으십니다. 석류공원 입구에는 저와 아주머니 밖에 없는데 경찰? 무슨 일인지 물었습니다. 정신이 온전치 못한 **고등학생 또래의 여학생이 배회하는 것을 보고 신고를 하셨다고 합니다. 경찰이 올 때까지 학생을 잡아 두지 않으면, 어디로 가버릴지 몰라서 혼자서 지키고 계신 것이었습니다.**

주변에 사람 하나 없었던 날이었습니다. 학생의 상태를 보니 혼잣말을 계속하고, 질문에도 대답하지 못하는 것으로 봐서, 미아가 된 것이 맞는 것 같았습니다. 학생은 어디론가 가고 싶어 해서 경찰이 올 때까지 기다리기가 버거우신 상태였습니다.

도와드릴 수는 없지만, 함께라도.

도와드릴 수 있는 것도 없었지만 아주머니가 불안해하시는 것

같아서 같이 있어 드렸습니다. 학생은 자꾸 자리를 벗어나려고 해서, 정자에 같이 앉아 계속 말을 걸면서 주의를 돌렸습니다. 재차 112로 신고해서 상황을 알리고, 도착시간도 확인했습니다. 112 최초 신고를 한 것은 아니지만, 112로 전화를 걸 일이 여행에서 생겼습니다.

다행히 해피엔딩

얼마 지나지 않아 경찰분들이 도착하시고, 제복 때문인지 학생도 조금 얌전해졌습니다. 무사히 경찰분들이 오신 것을 보고 다시 출

발했습니다. **평생 한 번도 일어나지 않는 일이 일어나는 곳이 바로 여행입니다.** 좋은 일이었으면 좋았겠지만, 오늘도 따뜻한 마음을 배웠습니다. 나였다면, 아주머니처럼 적극적으로 도울 수 있었을까? 아직은 배우는 중입니다.

인공폭포로 유명한 석류공원 둘러보기

여름에 인공폭포로 유명한 곳이 바로 석류공원입니다. 여름이 아니어도 전망이 예쁜 곳이고, 새벼리길과 가까운 곳이라 함께 다녀올 만합니다. 높지 않아서 5분이면 올라 갔다올 수 있습니다. 계단을 돌아 올라가면 나오는 2층의 정자에서는 진주 시내가 한눈에 다 보입니다. 이때만 해도 진주의 지리를 잘 몰라서 예쁘다 하고 말았는데 진주 지리를 잘 알면 재미있습니다. 사람이 없어서, 유튜브 라이브로 인사도 하고 나름 혼자도 재밌게 잘 다녔습니다.

기록해야, 기억납니다.

혼자 여행 다니면서, 누가 돈 주는 것도 아니고, 엄청난 퀄리티의 영상을 찍는 것도 아닌데 오랫동안 유튜브 영상을 만들어 왔습니다. 스스로를 '방구석 관종'이라고 하고는 합니다. 좋은 곳에 가면, 영상으로 담아두는데, 유튜브에 기록해야, 나중에 또 보게 됩니다. 여행의 순간을 절대 잊지 않을 것 같지만, 살다 보면 희미해집니다. 어떤 수단이든 가장 편리한 방법으로 여행을 기록하는 것도 의미 있습니다. **오랫동안 더 행복해집니다.**

다사다난했던 석류공원 산책을 마치고 내려갑니다. 석류공원은 인공폭포로 유명한 공원답게, 인공폭포 뒤로 들어갈 수 있는 동굴이 있습니다. 석류공원이 진주 여름 명소인 이유입니다.

여름에 폭포가 쏟아지면, 다시 돌아오고 싶은 곳

석류공원은 규모는 크지 않지만, 아기자기하게 잘 가꿔진 예쁜 공원입니다. 사실 석류공원 도착했을 때부터 영혼이 탈탈 털려서 어떻게 다녀왔는지 기억이 잘 안 나는데도 사진은 다 이쁘게 잘 찍혔습니다.

진주는 정말 바쁘게 다닐 수 없는 곳입니다. 오늘은 100% 행복한 에피소드는 아니었지만, 해피엔딩을 맞은 또다른 여행 에피소드를 만들었습니다. **진주는 점점 저의 기억의 일부가 되어가는 중입니다. 여행은 저에게만 추억을 만들어주고, 저에게만 친절한 것은 아닐 것입니다.** 이 글을 읽으시는 분들에게도 생길 추억, 특별한 추억의 장소를 만나시길 바라겠습니다.

아름다운 추억을 빨리 만나는 길은 당장 떠나면 됩니다.

진주시님, 자전거 이용시간 좀 늘려주세요.
-진주시 공영 무료 자전거 대여소 이용하기

4일 차에는 룰루랄라 남강을 따라서 자전거 하이킹을 하기로 했습니다. 저는 어느 곳을 여행하더라도 자전거 대여소를 찾아서 자전거 여행을 하루 이틀이라도 꼭 끼워 넣으려고 노력합니다. 진주는 자전거 도로가 정말 잘 되어 있고, 자전거 타는 인구도 많아서 자전거 여행을 꼭 해봐야 합니다.

진주시 무료 자전거 대여소 4곳

진주에는 시에서 운영하고 있는 무료 대여소가 4곳 있습니다. 칠암동, 상대동, 평거동 충무공동 4곳이 있습니다. 금호지를 방문하기 위해서 상대동에 있는 무료 자전거 대여소에 다녀왔습니다. 신분증을 꼭 지참하고 가야 합니다.

진주 무료 자전거 대여소

www.jinju.go.kr

운영시간: 하절기08:00 ~ 19:00

동절기09:00 ~ 17:00

대여방법: 신분증 확인(진주시민), 신분증 보관(타 지역)

대여시간: 최대4시간

자전거 생활지도를 꼭 챙길 것

대여를 위한 간단한 서약서를 작성하면 자전거 빌리는 절차가 끝이 납니다. 자전거 대여소에서 꼭 챙겨야 하는 것이 진주시 자전거 생활지도입니다. 진주시 관광 지도가 부족한 점이 있어서 답답했는데. 자전거 생활지도는 일반 지도입니다. 진주 여행 지도와 같이 사용하면 훌륭합니다. 각 대여소에서 출발하는 자전거 여행코스도 안내되어 있어서 매우 유용합니다.

자전거용 자물쇠를 준비해 가자

자전거 대여소 내부에 다양한 종류의 자전거가 진열되어 있습니다. 자전거와 헬멧을 대여해주고, 자전거도 편한 제품으로 골라서 빌릴 수 있습니다. **단 자전거를 잠궈 둘 수 있는 자물쇠는 빌려주지 않습니다.** 자물쇠가 없으면 잠시 밥 먹고 나오기도 불편하기 때문에 미리 준비하시는 것도 좋습니다.

너무 짧은 자전거 대여 시간

문제는 자전거를 빌릴 수 있는 최대 시간이 4시간 입니다. 오래 전에 서울시에서 무료로 운영하는 자전거를 빌린 적이 있습니다. 대여 시간이 오전 9시부터 오후 6시까지라서, 하루 날 잡아서 하루 종일 자전거를 탔었습니다. **4시간만 자전거를 타려면, 오가는데 두 시간 정도, 도착한 곳에서 1시간 보내고 오기에 빠듯합니다. 중간에 점심이라도 먹기에도 급합니다.** 진주처럼 자전거 길이 잘 되어 있는 도시에서는 4시간 대여는 너무 아쉬웠습니다.

알차게 사용하시려면, 시간 계산을 잘 하시고, 도시락을 준비하는 것이 가장 좋은 선택이 될 것 같습니다. 편도 40분 거리의 금호지에 다녀왔는데 좀 쫒기는 느낌이었습니다.

아이들과 안전하게 자전거를 탈 수 있는 교육장

상대동 자전거 대여소에는 〈시민 자전거 안전 교육장〉이 같이 있습니다. 운전면허 코스처럼 간단한 자전거 연습 코스가 있습니다. 한 가족이 방문해서 자전거를 1대씩 빌리고, 교육장 안에서만 자전거 타는 법도 가르쳐 주고 즐겁게 지내다 갔습니다. 남강과도 멀지 않아서 잠깐 다녀와도 됩니다. 자전거 교육장을 처음 가봤는데, 요즘은 자전거 대여시설도 체계적으로 되어 있습니다. **아이들도 자전거를 배우면서 교통법규도 같이 배울 수 있는 곳이라 좋았습니다.**

진주시님,

진주처럼 자전거 도로가 잘 되어 있는 곳에서 4시간 대여는 너무 불편합니다. 4시간 대여와 8시간 대여의 차이라도 있나요? 자전거로 못 가는 곳이 없고, 자전거 명소가 그렇게 많은데, 자전거 대여 시간 좀 늘려주세요. 얌전하게 타겠습니다. 어느 정도 유료화를 하는 것도 괜찮을 것 같습니다.

-해외여행을 오래 하다 보면 가난한 나라 아이들이 자전거를 귀하게 여기는 경우가 있습니다. 한국 사람 중에서도 자전거를 못 타는 사람들도 생각보다 많이 만났습니다. 아무 조건 없이 즐길 수 있는 자전거, 있는 것만으로도 감사합니다. 우리나라 사람 모두 열심히 일해서 만든 공공시설을 더 잘 활용할 수 있으면 좋겠습니다.

염라대왕이 다녀왔냐고 묻는다는 -금호지

진짜 버킷리스트, 숙제로 다녀와야 하는 금호지

위치도 모르고 사진 한 장에 마음을 뺏겨 다녀오게 된 곳이 금호지입니다. 금호지는 진주 여행에서 절대 빠지면 안 되는 장소입니다.

다른 곳처럼 금호지도 전설이 있습니다. 전설은 별 다를 것 없는데, 죽어서 염라대왕 앞에 서면, 금호지에 다녀왔느냐고 묻는다고 합니다. 다녀오지 않았다고 하면 게으른 놈이라고 벌을 받는다고 합니다. 그냥 재미있는 이야기일지 모르지만, 혹시 물어볼지 모르니 다녀옵시다.

무료로 자전거 빌려서 다녀오는 금호지, 자전거 하이킹

진주시 무료 자전거 대여소에서 자전거를 빌려 출발했습니다. 상대동에서 금호지까지의 자전거 하이킹 코스는 남강변을 따라 남강로-금산교-시내 구간을 다녀오는 다채로운 코스입니다.

강가를 따라 달리다가, 다리도 건너고, 편도 30~40분이면 넉넉히 다녀올 수 있습니다. 중간중간 내려서 사진도 찍고, 영상도 찍고, 헤메기 절대 불가능한 곳에서 길을 잃어버리기도 했는데도 40분 정도 걸린 것 같습니다. 네이버 지도 어플에서 자전거 지도를 제공하니, 자전거 경로를 검색하시면 됩니다.

진주는 자전거 여행 천국

남강변으로 나가는 경사로를 올라가면, 남강을 따라 쭉 뻗은 자전거 도로가 나 있습니다. 강둑을 따라 조망할 수 있는 윗길과, 강변 따라갈 수 있는 아랫길로 나눠져 있습니다. 사람도 많지 않고, 자전거도 많지 않아서 천천히 다녀올 수 있습니다. 서울에서 자전거를 탈 때는 고속으로 달리는 분들도 있고, 산책하시는 분들도 많아서 신경 쓰면서 탔다면, 진주 자전거 길은 풍경을 즐기면서 타면 됩니다.

금호지로 가는 남강의 풍경은 진주 시내의 남강 풍경과는 다릅니다. 강에 대해서 무지해서 어떻게 표현해야 할지 모르겠는데, 풍부한 수량보다는 자연스러운 강의 모습을 볼 수 있는 곳입니다. 정자나 휴식 공간도 많아서, 도시락 준비해서 소풍 가기도 좋습니다.

자전거 길이 잘 되어있는 금산교

남강을 가로지르는 금산교도, 자전거 도로가 매우 안전하게 되어 있어서, 걷는 사람보다는 자전거가 훨씬 많이 지나갑니다. 탁 트인 풍경이 너무 시원해서, 다리 위를 달리다가 문득 무서워집니다.

다리를 건너고 나면, 금산면 시내로 들어섭니다. 시내 구간 10분 정도는 자전거 도로가 없어 불편합니다. 시내가 한산해서 구경하면서 가는 맛이 있습니다. 자전거로 지나면서 얼핏 봐도, 맛집으로 보이는 식당도 간간이 있어서, 점심을 해결하고 가고 싶었습니다.

한여름에도 시원할 듯한 금호지 산책로

금호지 산책로에 도착했습니다. 금호지는 생각보다 큰 호수입니다. 전체를 다 돌아보려면 시간이 꽤 걸립니다. 그 넓은 연못 주변이 모두 숲이고, 산책로입니다. 보통은 제주에 숲이 많다고 생각하시는데, 제주에 사는 사람 입장에서는 요즘 제주는 너무 쉽게 오래된 나무를 자르고, 작은 나무 군락들은 쉽게 밀어버려서 안타깝습니다. 금호지 주변은 자연스러운 나무와 숲이 잘 보존되어 있었습니다.

소망교를 건너면, 편의점

저를 금호지로 이끈, 소망교 입니다. 사진 속 호수 가운데 둥그런 건물은 금호지를 궁금한 곳으로 만들었습니다. 그 건물이 무엇일지 무척 궁금했는데, 편의점이었습니다.

호수 가운데로 걸어서 가는 편의점은 세상 어느 곳 보다 설레는 곳이었습니다. 금호지 둘레길은 자전거가 들어올 수 없는 길이라서, 멀찌감치 자전거를 세워두고 얼른 뛰어서 다녀왔습니다. 자전거 대여 시간에 쫓겨서 다급히 눈도장만 찍고 왔습니다. 아무리 여행이라도, 모든 곳 모든 시간을 내 마음대로 할 수는 없습니다.

하모만 만나도 행복한 진주여행

소망교 바로 앞에 하모 조형물이 있습니다. 아무리 급해도 하모랑 사진은 찍었습니다. 평소에 셀카를 많이 안 찍어 본 저, 어린아이처럼 진주 마스코트인 하모와 사진을 찍었습니다 진주는 곳곳에 하모 조형물이 많아서, 하모만 찾으러 다녀도 바쁩니다. 지자체 마스코트 중 가장 귀여운 하모, 진주 여행하는 동안 하모 덕후가 되었습니다.

하모는 수달입니다. 남강에 사는 수달이고, 진주목걸이를 걸고 있습니다. 하모의 뜻도 대충 알고 있다고 생각했는데, 금호지에서 하모의 뜻을 확실히 알게 되었습니다. '그래', '좋아', '맞아' 등 다양한 의미를 나타내는 하모라는 단어가 알 듯 말 듯 했습니다.

'하모! 다 잘 될 거야!' '아무렴! 그래! 다 잘될거야!' 하모 조형물 옆의 이 문장이 딱 와 닿았습니다. 하모가 다 잘된다는데, "하모! 잘 되겠죠." 이렇게 쓰는 것이 맞는 것 같은데 아직 어색합니다.

비하인드 이야기, 생각보다 맛집이 많았던 금호지 주변

빌린 자전거에 자물쇠도 없고, 산책로는 자전거 출입 금지라서 금호지까지 왔는데, 제대로 둘러보지도 못하고 올 뻔했습니다. 산책 나온 진주시민 분들께 자전거를 잠시 부탁을 드리고, 급히 둘러보고 왔습니다. 생각해보면 그냥 두고 다녀왔어도 됐을텐데, 그래도 자물쇠가 없으니 불안했습니다. 자전거 반납 시간도 빠듯해서 금호지 둘레길을 다 둘러보고 올 수는 없었던 점이 아쉬웠습니다. 친구랑 여유있게 방문해서 넓은 금호지 주변을 수다 떨며 돌다가, 근처에 맛집에서 외식하기 좋은 곳이었습니다. 당일치기 소풍에 딱인 곳입니다.

다음에는 벚꽃이 가장 아름답다는 금호지에 봄에 오고 싶습니다.

금호지

경상남도 진주시 금산면 용아리1102-1

그날의 내가 특별했을까? 하모의 숲이 특별했을까 -미스테리로 남은 하모의 숲

김시민호를 예약하기 위해 방문한 물빛나루 쉼터

진주는 남강 유람선인 김시민호가 유명합니다. 그중에서도 야간이나 주말 유람선을 예매하기는 정말 힘들다고 합니다. 인터넷 예매도 안되고, 당일 현장 예매만 가능해서 더욱 어렵습니다. 진주는 남강을 빼놓고 볼 수 없는 도시인데, 김시민호를 꼭 타고 싶어서 현장 예매를 하러 갔습니다. **망진나루 (물빛나루 쉼터)에서 티켓을 오후 4시쯤 구매했습니다. 야경을 보기 위해 8시 승선권을 사고 남은 시간에 밥도 먹고, 근처도 둘러보려고 했습니다.** 물빛나루 쉼터 매표소 담당자분께 근처 강변 산책로 둘러 볼만한 곳을 추천받았습니다. 한쪽에는 남강 위에 떠있는 대형 하모 인형, 반대쪽에는 하모의 숲이 있다고 하셨는데, 당연히 대형 하모를 만나러 갔습니다.

유람선 탈 시간인 오후 8시까지는 3-4시간이 남아서, 시간은 충분했습니다.

유독 그림 같았던 남강 산책로

이날은 오전에 자전거 하이킹을 하고, 오후에는 그 예매하기 힘든 김시민 호를 예매한 이후라, 마음이 편했나 봅니다. 풍경이 너무 아름다웠던 저의 마음이 다 담겨서 그날의 사진은 더욱 아름답게 담겼습니다.

요정을 만날 것 같았던 꽃밭

유독 그림 같았던 산책로를 정신없이 사진 찍으며 신나서 돌아다니고 있었습니다. 목적지가 어디였었는지는 잊었습니다. 남강을 따라 산책 하다보니 유독 아기자기한 작은 꽃밭에 요정 재질의 귀여운 꽃밭이 조성되어 있는 공원이 있었습니다. 조금 다른 느낌이 나는 아기자기한 꽃밭에 홀렸다는 표현이 맞을 것 같습니다. 그림같은 풍경에 목적지를 잃고 그냥 놀았습니다. 매발톱꽃이 가득 피어 있었는데, 정말 요정으로 만든 것처럼 예뻤습니다.

길을 잃어서 만난 하모의 숲

그러다가 〈하모의 숲〉 명패를 발견하고 말았습니다. '엥? 하모의 숲?' 하모의 숲- 물빛나루 쉼터- 대형 하모 이렇게 있다고 했는데, 지도도 확인했는데, 반대편으로 왔습니다. 어쩐지 아무리 걸어도 대형 하모가 나오지 않는 것이 이상하기는 했습니다. 물빛나루 쉼터에서 하모의 숲까지는 걸어서 20분 거리입니다. 반대로 오는 바람에 대형 하모에게 가려면 한 시간을 걸어가야 합니다. 오전에 자전거 하이킹을 다녀온 저는 도저히 더 걸을 수 없었습니다. 잘못 온 것을 알자마자 힘이 빠졌습니다.

하모도 한입만 하게 만드는 진주바게트

갑자기 너무 지쳐버려서, 강변을 빠져나가 식사라도 하고 오려고 지도를 찾아봤지만, 최소 20분은 걸어야 출구 도착, 택시라도 타려면, 어느 방향으로 가더라도 한 시간은 걸어야 했습니다. 지금에 와서는 한 시간 쯤이야 싶지만, 그날은 오전에 4시간을 자전거를 타서 지친 상태였습니다. 남강은 한강에 비해서 접근성이 좋기는 한데, 하모의 숲은 출구가 먼 편이었습니다. 꼭 이럴 때는 가방에 물도 반 병 뿐이고, 너무 배고픈데 도저히 한 발짝도 못 걷겠는 상황이 되었습니다. 가방 속에 한줄기 빛같은 진주바게트가 있었습니다.

진주 여행하면서 되도록 많은 음식을 먹으려고 욕심부리다가 사두고 잊은 샌드위치였습니다. 날씨가 더워서 상한 것 같아 버리려다 잊었는데 좀 눌리기는 했지만 맛있었습니다. 너무 맛있어서 하모가 한입 먹었다는 컨셉 사진도 찍었습니다.

하모와 무한 셀카 타임

하모를 코앞에 두고도 사진 찍을 힘도 없다가, 가방 속 바게트 샌드위치를 먹고 하모랑 무한 셀카 시간을 가졌습니다. 혼자 여행을 하거나, 동행이 있거나 상관없이 여행자는 항상 준비되어 있어야 합니다. 국내 여행이라고 만만히 봤다가 오늘은 위기를 맞았습니다. 빵 한조각이 살렸습니다.

카공족을 부르는 하모의 숲 책상 벤치

하모의 숲은 특별히 그림같이 잘 가꿔진 면이 있었습니다. 벤치나 그네 의자도 다른 곳보다 조금 더 많고, 꽃밭도 좀 더 그림같은 느낌이 드는 요정의 숲 같았습니다. 카공족을 부르는 듯한 책상과 팔걸이가 있는 이 의자를 강변에서 본 것은 처음이었습니다. 강변을 보면서 책을 읽으라는 배려만으로도 설렙니다. 책상 아래 돌을 젖히면, 멀티탭이라도 나올 듯한 느낌이 듭니다. 저같이 엉덩이 붙이고 하루종일 모니터만 보고 있는 사람에게는 꿈의 장소입니다.

진주에서 한달살기 한다면, 사랑하는 책 한 권, 커피 한 잔, 딱 맞는 음악 들고 와서 하루종일 책도 읽고, 공부도 하고 수다도 떨 수 있는 곳입니다.

아직도 미스테리입니다. 하모의 숲이 특별히 아름다웠을까?

그날의 내 마음이 특별히 아름다웠을까?

그날 사진을 다시 잘 들여다보면서 아무리 생각해봐도, 잘 모르겠습니다. 이럴 때는 다시 가서 확인해보는 수밖에 없을 것 같습니다.

남강 유람선 김시민호 타고, 진주야경 즐기기 - 망진나루(물빛나루)

진주는 남강을 활용해서 유등 축제도 하고, 남강변에 자전거 도로와 공원도 많이 있습니다. 당연히 유람선도 있습니다. 바로 김시민호입니다. 김시민호는 인기가 좋아서 현장에서만 예매가 가능하고, 강변을 돌면서 해설도 줍니다. 진주성 근처인 촉석나루와 물빛나루 쉼터(망진나루) 두 곳에서 탈 수 있습니다.

남강 야경이 가장 아름다운 시간은 7시

야경을 볼 수 있는 **야간 운행하는 김시민호는 물빛나루 쉼터(망진나루)에서만 예약할 수 있습니다.** 진주가 초행이라서 물빛나루 쉼터? 망진나루? 가 헷갈렸는데, 같은 곳입니다. 전화 문의를 하고 급하게 티켓을 구매하러 갔습니다.

8시 타임을 예매했는데, 너무 깜깜해서 도시가 다 보이지 않는 것이 아쉬웠습니다. 어둑어둑해지기 시작하는 7시 타임이 가장 아름다운 것 같습니다. 이미 7시는 매진이었기 때문에 오전에 일찍 가셔야 원하는 시간을 예매하실 수 있을 것 같습니다.

물빛나루 쉼터는 한옥을 연상케 하는 건물 자체가 매우 아름다웠습니다. 밤이 되니 더 아름다워지는 물빛나루 쉼터입니다. 오후 4시에 예매하고 하모의 숲에서 놀다가 30분 전에 와서 탑승을 기다렸습니다. 꼭 유시민호를 타지 않더라도, 야경 사진 찍으러 나오셔도 좋을 것 같습니다.

야경이 예뻐서, 혼자도 너무 신났던 망진나루

물빛나루 쉼터 근처 산책로도 조명이 커지기 시작하자, 남강은 반짝반짝 빛나기 시작합니다. 사진도 찍고 강바람도 맞으면서 걸어 다녔습니다. 김시민호 담당자분이 배에 타려면 시간이 좀 남았으니 편하게 앉아서 기다리라고 했지만, 눈앞의 풍경은 괜히 나와서 서성이게 만듭니다. 김시민호는 기와 지붕에 한국적인 모습입니다. 구명조끼를 착용하고, 배에 탑니다. 배 안에는 추위에 대비한 담요도 있었습니다. 문화 관광 해설사님이 같이 탑승하셔서, 진주의 역사와 근처 풍경에 담긴 이야기를 해주십니다.

하모로 시작해서 하모로 끝나는 진주여행

역시 가장 인기가 좋은 것은 하모였습니다. 하모가 나타나자 아이들이 서로 사진 찍겠다고, 아우성 하는 와중에 어른이인 저도 찍었습니다. 김시민호 유람선은 바쁘게 가이드해 주거나 꽉 자인 코스대로 일방적으로 설명하기보다는 여유있게 남강 드라이브를 해주십니다. 계속 바쁘게 여행지를 찾아다니다가, 배안에서 안내를 받으니. 편안했습니다. 여행자는 항상 고단합니다.

뚜벅이 여행자에게는 약간 늦은 시간이었던, 8시타임

뚜벅이 여행자에게 8시 타임 유람선은 조금 불편했습니다. 대부분은 자가용으로 오셨지만, 뚜벅이 여행자에게 망진나루 근처는 버스 타고 가기에도 택시 타고 돌아가기에도 좀 외진 곳이었습니다. 예약이 번거롭기는 하지만, 막상 유시민호 탑승하고 나면 매우 평화롭습니다. 남강다리 아래로 지나가는 것도 재미있습니다.

김시민호

예매 및 티켓 구입장소: 진주성 촉석문 촉석나루, 물빛나루쉼터 망진나루(현장예매만 가능)

운항시간: 하루10회 오전10시-오후9시

문의전화: 055-761-3691(망진나루) / 055-749-8598

소요시간 30분

가격: 8000원 / 진주시민50%

야간운행: 망진나루 - 야간운행은 일몰시간 근처가 가장 풍경이 아름답다. 해가 완전히 지고나면, 불빛 외에는 아무것도 보이지 않는다.

논개의 얼굴로 시작해서,
진주출신 작가들의 작품을 볼 수 있는 곳
-진주 시립 이성자 미술관-

이성자 화백, 박생광 작가/ 한국화의 흐름 전시

진주 여행 5일차부터 숙소를 혁신도시로 옮겨왔습니다. 혁신도시 근처에 진주 시립 이성자 미술관이 있습니다. 진주에 온 첫날 진주성에서 봤었던, 한국 채색화의 흐름 전시의 컬렉션이 너무 어마어마해서, 한국 채색화의 흐름 전시를 하고 있는, 또 다른 장소인 진주 시립 이성자 미술관을 찾아갔습니다.

박물관과 전시 인프라가 풍부한 진주

진주는 박물관과 전시 인프라가 정말 풍부한 도시입니다. 이번 전시는 규모가 큰 전시를 기획해서, 도시의 각기 다른 미술관이나 박물관에서 전시를 나눠서 하고 있었습니다. 한국화의 흐름 전시의 경우는 서양화의 영향을 받은 근현대 작품은 이성자 미술관에 전시를 하고, 전통 한국화로 분류 할 수 있는 한국 채색화, 동양화는 국립 진주 박물관에서 전시하고 있었습니다.

서울에서도 보기 힘든 대형 한국화 전시회

대부분의 작품은 국내 유명 박물관에서 대여해 왔는데, 국립 중앙 박물관, 국립 현대미술관 같은 대형 박물관에서 깜짝 놀랄 유명한 작품들을 대여해서 기획한 전시였습니다. 서울에서도 한자리에서 보기 힘들 정도의 전시를 진주 박물관에서 봤는데, 이성자 미술관을 가지 않을 수가 없었습니다.

매표소는 기념품 판매를 같이 하고 있습니다. 사진 찍으면서 밖에서 얼쩡거리자 찾아오는 서비스로 티켓과 팜플렛을 쥐어 주십니다. 미술관 굿즈를 제대로 구경도 못하고 어물쩡 전시실로 들어가서 아쉽습니다. 미술관 굿즈 좋아하시는 분들은 차분히 보고 들어가시길.

꼭 오디오 가이드와 함께 감상하세요

요즘 앱을 이용한 오디오 가이드를 제공하는 경우가 많은데, **한국 채색화의 흐름 전시같은 경우는 꼭 오디오 가이드를 함께 듣는 것이 좋습니다.**

논개의 초상- 김은호작가

전시는 진주를 상징하는 논개의 초상으로 시작됩니다. 진짜 논개의 초상은 아니고 근현대 작가인 김은호 작가가 그린 초상입니다. 처음 보는 작가인데, 상징적인 여성에 대한 작품을 그린 작가였나 봅니다. 가운데 논개의 초상을 중심으로 춘향과 아랑의 초상도 함께 전시되어 있는데, 기대를 뛰어넘어 운명을 개척한 여성의 초상인 듯 합니다. 시대가 달라서인지, 그림에 담긴 여성성이나 상징은 좀 이해하기 어려웠습니다. 저는 논개와 춘향의 열평이나 했다는 슬픈 이야기입니다. 이래서, 오디오 가이드를 꼭 함께 들으셔야 합니다.

저만의 전시를 판단하는 기준, 전시를 재미있게 즐기는 법

커다란 두 점의 박래현, 김기창 화백의 작품이 전시장 입구를 장식하고 있습니다. 두 분은 부부 화가였던 대표적인 우리의 근현대 작가입니다. 저는 매우 세속적인 기준으로 전시를 평가하는데, 박래현 김기창 화백의 작품을 보고 왔다면, 일단 그 전시는 실속있다고 하겠습니다. 비싼 그림은 보여줄 때 봐둬야 합니다.

진주출신의 박생광 작가의〈진주 뒤벼리〉

진주 출신의 동양화가인 박생광 작가의 작품도 전시되어 있습니다. 작품의 사이즈가 그렇게 크지는 않았는데, 동양화에 통달한 자의 깊이를 보여주는 작품이었습니다. 동양화의 옷을 입었으나, 현대회화의 자유로움과 강력한 메세지를 잘 담아서 매우 인상 깊은 작품이었습니다.

이해하기 쉽게 기획된 전시

이성자 박물관의 전시는 보여주고자 하는 내용에 시선을 집중시키는 좋은 전시였습니다. '보여주고 싶은 것은 이것이야, 이 작품은 꼭 집중해서 보고가!' 이렇게, 잡아끄는 명료한 전시라서 집중하기에 좋았습니다.

박생광 작가의〈무녀〉

솔직히 말해서 진주 뒤벼리 작품을 봤을 때는 박생광 작가가 기억나지 않았는데, 〈무녀〉를 보니 기억이 납니다. 강렬한 색과 동양적인 이미지는 박생광 작가의 대표작입니다. 박생광 작가는 종교적인 주제를 비슷한 색감과 분위기로 변주하면서 다룹니다. 그래서 진주 뒤벼리 전통 한국화 같은 정서의 작품이 있을 줄 몰랐는데, 익숙한 작품보다도 더 아름다웠습니다. 뒤벼리를 보고나니, **결국은 내공을 쌓은 사람이 자신만의 메세지를 가지면 성공하게 된다는 느낌을 받았습니다.** 박생광 작가의 작품까지 보면 오늘 전시는 실속을 넘어 성공입니다.

한국화에 뿌리를 두면서도, 다양한 실험으로 확장되는 현대화

한국적인 채색화에 뿌리를 둔, 현대 작가라고 할 수 있는 작품들도 전시되어 있습니다. 사실 근현대 작가들은 뛰어난 점도 있지만, 서양미술 1세대로서, 한국적 정서를 가지고 짧은 시간에 서양미술의 기법과 실험들을 따라잡는 시대였다고도 볼 수 있습니다.

현대 미술이 되면서, 한국화에 뿌리를 두면서도, 다양한 기법과 철학으로 확장되었습니다.

작품을 감상하는 방법

현대 한국화는 더 집중적으로 우리 자신, 우리의 문화와 정서와 자연환경을 담아냅니다. 서양화의 옷을 입은 한국화는 전시를 같이 둘러보던 어린 학생들이 이해하기에도 매력적이었나 봅니다. 인스타

용 사진을 연신 찍는데. 그저 감탄만 나옵니다. 그 자연스러움이란.

사실 작품감상은 그렇게 하는 것 같습니다. 내 인스타에 걸고 싶은 작품과 만나는 것입니다. 사실 고가의 작품도 나의 거실이나, 사무실에 걸고 싶은 욕구에서 시작된다고 볼 수 있습니다.

작정하고 교양 삼아 한국 근현대 미술의 중요 작품을 오디오 해설을 들으며, 공부하러 가야겠다고 생각하시는 분에게도 좋은 전시입니다. 이 책을 읽는 시점에는 한국화의 흐름 전시는 하고 있지 않겠지만, 진주는 찾아보기만 한다면, 좋은 작품, 좋은 전시를 언제나 만날 수 있는 곳입니다.

이성자 미술관이니까 당연히 상설 전시실에 이성자 전시가 있습니다. 입구부터 이성자 화백의 바이오그라피로 되어 있는 점도 좋았습니다. 작품을 볼 때, 언제적 작품이냐에 따라 평가가 완전히 달라지기 때문입니다. 피카소가 지금 나온다면, 아마 대학생들 사이에서도 참신하지 않게 생각 될 것입니다.

이성자 화백 작품을 테마로 한 미디어아트

이성자 화백 작품 전시실의 하이라이트는 미디어아트 전시였습니다. 이성자 화백 작품을 모아서 미디어아트로 만든 공간이 있습니다. 이성자 화백의 작품의 특징도 미디어아트와 매우 잘 어울려서 장면이 바뀔 때마다 아름다웠습니다. 삼면이 거울인 거울 방이어서 사진도 무척이나 잘 나옵니다.

그동안 혼자 사진찍기에 지쳐있던 나에게 거울방은 매우 편했고,

아무렇게나 사진을 찍을 수 있는 곳이어서 엄청 사진을 찍어왔습니다. 더군다나 끝없이 반복되는 추상적인 도형들은 특히나 좋아하는 분위기이기도 하고, 미디어아트로 만드니 현대작품처럼 보였습니다.

이성자 화백은 여자 김환기로 불릴 정도의 세계를 지닌 추상화가이고, 유명한 작가라고 합니다.

생각했습니다. '이성자가 누구지?' 여자 김환기로 불리는 유명작가인데 몰랐습니다. 반성합니다. 여행은 이렇게 문화와 역사 속으로도 세상을 확장해 줍니다.

방금 이성자 화백의 추상 작품을 보고 나왔는데, 곤충도 미술관에 살면 추상화를 좀 아나 봅니다.

이성자

생애 - 전라남도 광양시에서 태어나 일제강점기 진주 일신 여자 고등 보통학교(현 진주여고)를 졸업했다. 1951년 프랑스로 건너가, 본격적인 창작활동에 들어가 유화, 목판화 비롯, 70년대 이후의 도자기 등 모든 조형작품에 동양적 향취와 이미지를 담은 방대한 규모로 꾸준히 제작, 한국적 사상과 시정을 프랑스 미술계의 흐름 속에 합류시키는 대표적인 본보기가 되었고, 이후 프랑스는 물론 세계 전역에 걸쳐 작가로서의 지위를 굳혀온 원로이다.

(위키피디아, 2022)이성자- 위키백과, 우리 모두의 백과사전)

여행에서 신을 만난 적 있습니까?
- 문산읍 게이트볼장의 비밀, 진주 문산성당

진주 혁신도시에서 버스로 15분 거리 문산읍

진주 여행 5일차 이성자 미술관에 갔다가, 마음속에 '찜' 해두었던 문산성당에 다녀왔습니다. 여러분들이 추천해주시기도 했고, 혁신도시 근처의 교외로도 나가보고 싶었습니다. 버스 타고 20분도 안 돼서 문산읍에 도착했습니다.

시간이 멈춘 듯 아름다운 동네 골목길

겨우 20분 도심에서 나왔을 뿐인데 갑자기 한적해진 문산읍은 타임머신이라도 탄 듯한 기분이 들었습니다. 동네에는 사람도 없는데, 라디오를 들으며 일하시는지, 집안에서 간간히 라디오 소리만 들렸습니다.

이날은 날씨도 왜 이렇게 좋았을까요? 날씨도 좋고, 이팝나무 가득 핀 강가를 따라서 작은 다리도 건너고 그림같은 하루였습니다. 시골길을 즐기면서 문산성당을 향해서 걸어가고 있었습니다.

자전거 라이딩 코스로 추천하는 문산성당

5월의 문산읍은 5일장 근처의 강가와 다리를 따라 가득 핀 이팝나무가 이렇게 아름다운데, 어떻게 설레지 않을 수 있을까요?. 문산성당은 자전거 라이딩으로도 방문할 수 있도록 자전거 도로가 매우 잘 되어 있습니다. 자전거 도로를 따라서 가다가 이상한? 끝이 보이지 않는 계단을 발견했습니다.

소림축구도 아닌데, 산 위에 있는 게이트볼장

계단 입구에는 〈문산 게이트볼장〉 이라고 새겨져 있었는데, '게이트볼?을 이렇게 높이 올라가서 친다고?' 아무리 봐도 천국의 계단인데, 게이트볼장이라뇨? 자전거 라이딩 오신 분들은 쌩쌩 지나치시는데, 궁금증을 참지 못하고 올라가 봅니다.

10분쯤 헉헉 거리면서, 숲길을 올라왔더니, 어르신들이 진짜로 게이트볼을 치고 계십니다. 보통 동네 게이트볼장이 있어도 거의 비어 있다가 한 달에 두 번만 사용하지 않나요? 운이 엄청 좋은 날 같습니다. 문산읍 동네분들은 게이트볼 전에 등산쯤은 해줘야 몸이 풀리는 엄청난 내공을 숨기고 사시는 분들인 걸까요?

문산읍을 돌아볼 수 있는 전망대, 팔각정

게이트볼장 근처에는 읍사무소 가는 길과 도서관 가는 길도 안내되어 있는데, 평지를 놔두고 심심풀이로 산길로 올라 다니는 분들인가 봅니다. **게이트볼은 어르신들이 즐기시는 쉬엄쉬엄하는 스포츠인줄 알았는데, 숨은 고수들이 사시는 동네라도 발견한 기분입니다.**

올라온 김에 팔각정도 올라가 봅니다. 팔각정 올라갈 때는 너무 힘들어서 도착 직전에 가방이랑 커피도 내팽개치고, 겨우 다녀왔습니다. 문산읍은 보통 동네가 아닙니다.

날씨가 좋았던 이유를 알게 된 문산성당

문산성당이 입구에 도착했습니다. 동네가 너무 이쁘고 평화로 와서 팔랑팔랑 뛰어다녔더니 문산성당에 들어갈 기력이 없어, 쉬어 갑니다. 그 순간조차 너무 예뻤습니다.

문산성당에 도착해서야, 오늘이 왜 그렇게 평화롭고, 아름다웠었는지 알게 되었습니다. **온 세상을 돌아 시바와 알라와 고대신들과 수많은 신들을 만났습니다. 그 많은 신들 중 누가 세상의 주인인지는 모르지만,** 오늘 하루는 신이 선물한 아름다운 날이었음을 알게 되었습니다.

신이 주신 선물의 또다른 이름, 여행

태초에 세상을 만들던 그 순간부터, 어쩌면 당신과 나의 오늘은 예정되어 있었을지도 모릅니다. 우리의 빛나는 오늘을 위하여, 신은 맑은 하늘도 만들고, 청량한 바람도 만들고, 나무와 꽃들과 새들을 만들었을지도 모릅니다. 그것이 아니라면, 어떻게 이렇게 완벽하게 아름답고 사랑스러운 날이 있을 수가 있을까요?

여행은, 신이 만든 세상의 아름다운 진짜 모습을 보러 가는 길이기도 합니다. 신이 주신 선물이라면 기꺼이 받아야 합니다. 그 자리에서 돈을 내고, 초를 밝히지 않았습니다. 이날은 신께 무엇을 달라고 기도하지 않았습니다.

신이 주신 선물같은 아름다운 하루에 값을 치르겠다고 기도했습니다. 제 특정한 하루의 일당만큼을 남을 돕는데 사용하겠다고 기도했습니다. 기부할 금액을 정하지 않고, 특정일의 일당으로 정한데는 이유가 있습니다. 기부금이 너무 아까워서 금액을 많이 정할 수도, 뜨끔한 기분에 적게 정할 수도 없었기 때문입니다. 그래서 그날의 수입이 너무 많지 않기를 같이 기도했습니다. 약속대로 여행을 마치고 소박한 기부도 마쳤습니다.

여행에서 신을 만나본 적 있나요?

혼자 여행은 이렇게 신나서 팔랑팔랑 뛰어 다니다가, 갑자기 감동받기도 하고, 정말이지 기분도, 여행경로도, 스케줄도 제멋대로인 그런 여행입니다.

보통은 여행길에 사람을 만나는데, 오늘은 신을 만났습니다. 여행을 떠나면 누구나 아름다운 하루도 선물 받고, 신도 만날 수 있습니다.

2층이 있는 지도 모를 만큼 재밌었던
-토지 주택 박물관

오랜 친구와 함께한 진주에서의 하루

진주 근처가 고향인 친구가 본가에 내려왔다가 저를 만나러 와줬습니다. 드디어 사진 찍어줄 사람이 생겼습니다. '상반신만 찍어라. 전신을 찍어라, 노출을 맞춰라' 마구 부려 먹었습니다. 20년 지기 절친이지만, 혼자 다니는 것을 좋아해서 오지 말라고 했습니다. 제가 무슨 말을 하든 오고 싶으면 오는 친구입니다. 오래된 친구의 장점 아니겠습니까? 서로를 잘 알아서 조심스럽지 않아도 되는 것. 말하지 않아도 아는 것. 사진 찍을 때는 예외였습니다.

진주 혁신도시에 있는 토지주택 박물관

진주 토지주택 박물관은 진주 혁신도시에 있습니다. 투숙했던 뉴라온스테이 호텔이나 롯데마트에서 걸어서 갈 수 있습니다. 토지주택 박물관은 LH 한국토지주택공사 소유의 박물관입니다. 빌딩부터 럭셔리한 이곳을 보니, 부동산이 답인가 봅니다.

여름, 실내여행지로 강추 하는 곳입니다. 박물관 자체도 넓고, 쾌적하고, 관람하는 사람도 많지 않아서 실내여행지로 좋습니다.

전국에 분당과 진주, 두 곳에서만 볼 수 있는 박물관

LH공사의 박물관이 왜 갑자기 진주에 있는지 궁금했는데, 분당과 진주 두 군데에만 있는 박물관이라고 합니다. 2015년에 리뉴얼 되었는데, 전시장이 세련되고, 완성도가 높아서, '세련된 전시란 이렇게 하는 것이다' 보여 줍니다. 어느 한 부분도 신경쓰지 않은 곳이 없는 완성도가 높은 전시였습니다.

공존을 넘어 상생으로

1층 전시관에는 공존을 넘어 상생으로 전시를 하고 있습니다. 박물관에서 잘 담지 않는 현재, 우리 부동산 고민의 문제, 부동산 개발의 역사부터, 일상에서 오는 층간소음, 학군 같은 문제까지 주택과 도시의 역사에 대한 모든 이야기를 담고 있습니다. 재미없을 것 같은데, 재미있게 담은 것이 매력입니다.

아이도, 어르신도 재미있어하는 박물관

주택과 도시 역사를 시청각 자료로 만들어서 보여주는 전시장으로 생각하시면 됩니다. 우리나라 도시의 기능과 특징, 지역발전의 역사 같은 재미없는 주제를 재미있게 전시합니다. 사실 아이들이나, 어르신들과 함께 가서 보기에 가장 좋은 전시였습니다. 진주에서 갔었던 박물관 중에서 내용도 어렵고, 주제도 재미없는데, 만져보고, 작동시켜보고 떠들면서 관람할 수 있는 곳입니다. 그래서,**가족이 함께 오기 좋은 곳입니다. 아이나, 연세 많으신 어르신들도 재미있는 전시가 토지 주택 박물관입니다.**

어른들에게 추억소환, 아이들에게 과거여행

주택을 재현한 전시관 때문에 세대를 아우를 수 있습니다. 어르신들이 공감할 만한 옛날 물건들로 과거를 재현해 두었습니다. 아이들에게는 처음 보는 신기한 물건들이고, 작동하는 옛날 게임기도, 만지면서, 즐길 수 있습니다. 그중에 만지지 못하게 해둔 제품이 있었는데, 삼성 전자렌지 입니다. 아마 석유 곤로 사용하던 시절 제품인 것 같은데, 그 시대에도 전자렌지가 있었습니다. 자세히 메뉴를 보니 지금 전자렌지와 똑같습니다. **그외에도 기억저편의 물건들이 추억을 소환해 줍니다. 제대로 옛날 사람 인증하면서, 즐거웠습니다.**

주제의 특성상 인포그래픽이나 신문 기사를 활용한 전시가 많았습니다. 사실은 토지주택박물관이 볼거리가 정말 많고, 쾌적했는데, 기억이 안납니다.

동행이 생기자 달라지는, 여행

거의 일년 만에 만난 친구와 수다 떨고, 사진 찍은 기억만 납니다. 시덥잖은 화장품 이야기, 가족들 이야기, 일 이야기, 수다는 흘러넘쳤습니다. 항상 혼자 다니는 저를 불쌍히 여기는 친구는 틈틈이 사진을 찍어 줬습니다. 숨도 안 쉬고, 수다를 떨었습니다.

2층이 있는지도 몰랐던, 네버 엔딩 수다

2층 전시관도 있는데, 자연스럽게 1층에서 2시간 동안 돌다가 나왔습니다. 전시를 본다는 핑계로, 의식의 흐름대로 수다만 떨었습니다. 마침 과거 물건도 많고, 앉을 곳도 많았던 토지주택 박물관은 어린 시절 이야기를 나누기도 좋았습니다. **충격적인 것은 2층이 있는 줄도 모르고 돌아왔다는 점 입니다.**

혼자 여행자의 꿈

동행이 있어서, 박물관보다 중요한 것이 있어서 좋았습니다. 혼자 여행자는 항상 꿈 꿉니다. 아름다운 풍경 앞에서, 여행의 흥분을 같이 나눌 수 있는 사람과의 동행을 꿈 꿉니다.

동행만 있다면, 매일이 여행

어디인가는 중요하지 않을 수 있습니다. 무엇을 보았는가도 중요하지 않을 수 있습니다. 내가 무엇을 하든, 무슨 표정이든, 상관없이 계속 나만 사진 찍는 사람, 그런 사람과 동행한다면, 동네 산책

길도 어떤 여행보다 아름다울 수 있습니다. 좋은 곳, 맛있는 것 앞에서 가장 먼저 보고 싶은 가족, 연인, 친구 마음 맞는 누구라도 동행하는 여행이라면, 어디라도 좋을 것 같습니다.

모든 분들이 매일 아름다운 여행을 이어가시길.

토지주택박물관

관람시간: 10시 - 5시까지

휴관일: 공휴일 / 5.1일 근로자의날

/ 10.1일 LH창립 기념일에만 휴관한다고 합니다.

관람료 무료

관람시간: 1-2시간 정도

어르신, 아이 동반 여행시 추천 / 여름 실내여행지 추천

카메라 너머의 고요와 바람이 보이시나요?
-가보지 않고는 절대 알 수 없는 진양호

토요일에 진양호와, 소싸움 한번에 보기

오늘도 버스를 타고 진양호로 출발했습니다. 진주 분들이 가장 많이 추천한 여행지라서 빨리 오고 싶었지만, 토요일 소싸움에 맞추느라 가장 늦게 방문하게 된 진양호입니다. 버스에서 내리자마자, 소들이 대기하고 있습니다. 난생처음 보는 소싸움이 기대됩니다. 소싸움 경기는 오후부터 열리기 때문에 일단, 진양호 전망대로 갑니다.

소싸움 경기장에서 진양호 전망대는 걸어서 20분 거리입니다. 정상까지 올라가는 버스가 있다고 나오지만, 배차간격도 멀고, 카카오택시 말고 근처에 택시도 없어서 걸어서 올라가기로 했습니다.

걸어서 진양호 전망대까지

걸어 올라가는 사람도 아무도 없어서, 한적한 산길을 독차지하면서 올라갔습니다. **모두가 차를 타고 올라가는데, 혼자 걸어 올라가면, 해외여행자가 된 기분입니다. 해외에서는 아마 항상 차 없이 여행하는 경우가 많기 때문입니다.**

오랜만에 등나무 정자도 만나고 구석구석 참견하면서 올라갔습니다. 단풍나무 잎이 예뻐 보이는 나이가 됐는지, 똑같이 생긴 단풍나무잎 사진만 30장은 찍은 것 같습니다.

미리 알았더라면, 투숙했을 아시아레이크 사이드 호텔.

진양호 가는 길은 경사가 심하고, 길이 꼬불꼬불해서 걷는 맛이 있습니다. 가는 길에 아시아레이크 사이드라고 하는 진양호가 내려다보이는 호텔이 있는데, 결혼식을 많이 하는 호텔이라 흰색 철쭉이 길가를 장식하고 있었습니다.

호텔의 위치가 뚜벅이 여행자에게 불편해서, 투숙하지 않았는데 후회가 밀려옵니다. 내려가면서, 일정을 늘려서 하루 투숙할까 진지하게 고민했습니다. 다음에 진주에 간다면 100% 투숙합니다. 진양호에 반했습니다.

진양호 전망대

진양호 전망대에 도착하면, 특이한 모습의 건물이 나타납니다. 전망대 건물은 뼈대만 만든 것처럼 투명하게 보입니다. 다시 봐도 신기합니다. 한가지 소원을 이뤄준다는 소원 계단도 있습니다. 365개의 계단으로 호수로 내려가 볼 수 있습니다. 다리가 아파서 소원은 스스로 이루기로 했습니다.

카메라로 담을 수 없는 진양호의 아름다움

전망대에 도착했습니다. 진양호는 70년대에 남강을 막아 만든 인공호수라고 하는데, 규모가 매우 크고 지형적인 아름다움 때문에 동양화를 보는 느낌이었습니다. 탁 트인 바다를 바라보는 느낌과는 다른 시원함과 고요함이 있었습니다. 영화 지정생존자의 촬영지라고도 합니다.

가보지 않고는 절대, 알 수 없는 곳
- 감정을 가진 풍경, 진양호

진양호는 호수가 주는 고요함, 높은 위치가 주는 시원함, 강에서 불어오는 바람, 수면에 반사되어서 더 빛나는 햇빛, 지형이 주는 겹겹이 쌓인 산들의 모습이 마음을 정화해 주는 풍경입니다. 올라온 분들 모두 내려가고 싶어 하지 않던 곳입니다. 세상에 아름다운 풍경이 많지만, 넓은 바다가 주는 위안, 산 정상이 주는 후련함 같은 감정을 가진 풍경이 있습니다. 진양호는 마음의 평화를 주는 풍경입니다. 어떤 아름다운 말로도, 어떤 카메라도 담을 수 없고, 가보지 않고는 절대, 알 수 없는 아름다웠던 곳, 마음과 머리가 맑아지던 곳, 진양호 전망대였습니다.

양마산 가는 길, 365계단 소원 길이며, 산책로가 다양하게 조성되어 있어서, 진주 사시는 분들도 정복할 만한 장소입니다.

우리집 강아지를 동물원에서 만난다면,
-고민이 많았던 진양호 동물원

진양호를 내려오면서 동물원에 들렀습니다. 규모에 비해 동물도 많고, 자연환경이 아담하면서 산책하기 좋은 곳이었습니다. 그늘이 많은데 더웠습니다. 아이들이랑 오실 분은 대비하셔야 합니다.

강아지와 고양이를 키워본 이후로 동물원에 가는 것을 즐기게 되었습니다. 다른 생명들의 이야기를 들을 줄 몰랐기 때문입니다. 강아지와 고양이를 키우게 된 이후로 동물들에 대해 관심도 생기고, 이해도가 높아졌습니다. 동물들의 몸짓, 눈빛을 조금씩 이해하다 보니 동물원에 가는 것이 너무 재미있습니다. 이유가 있는 동물들의 다른 생김새, 다 다른 능력들, 귀여운 슈퍼 히어로를 만나러 가는 느낌입니다.

최근에 온라인으로 동물원 사육환경과 동물원 매너에 대해서 들을 기회가 있었는데, 그것 때문에 동물원에 가는 것이 불편해졌습니다.

동물원 조성 비용이 많이 드는 우리 환경

무리 동물이 한 마리씩 사육되고, 동물들의 이상행동도 봐야 하고, 더위에 지친 동물들을 보러 가게 될까봐 걱정부터 하게 되었습니다. 우리나라는 태생적으로 좋은 동물원을 만드는데 비용이 많이 들어 간다고 합니다. 열대지방의 경우는 밀림에 펜스만 있으면 동물원이 된달까? 모든 시설을 인공적으로 만들어 줘야 하고, 그마저도 넓은 지역을 사용하면 비용이 매우 올라갑니다. 동물원을 만들기에 조건이 좋지 않습니다. 기후도 맞지 않아서, 극지 동물들은 더위에 지치고, 열대 동물들은 취위에 떱니다.

다행히 진양호 동물원은 동물들이 더위에 지치기는 했지만, 이상행동을 하는 동물들도 없고, 비교적 좋은 환경을 제공하려는 노력이 보였습니다. 저도 겨우 한번의 강의를 들었을 뿐, 동물원에 대해 모릅니다.

발전이 없는 동물원 환경

2017년에 한국을 떠나서 코로나로 2020년에 돌아올 때까지 채5년이 안되는 시간 동안 우리나라는 미래도시가 되어 있었습니다. 아마 세상에서 속도가 가장 빠른 도시, 모든 일이 가장 빠르게 돌아가는 나라가 아닐까 생각됩니다. **그런데, 딱하나, 동물원은 제가 떠나던 그때 그 모습 그대로였습니다.**

동물원 이용 매너

서울 동물원에서 유인원들이 이상행동을 하던 것을 기억합니다.

지금은 그러지 않으리라 믿습니다. 동물들이 이상행동을 하는 것은 동물원만의 책임은 아닙니다. 아이들이 동물이 신기해서 유리를 두드리고, 엄마를 다급히 불러서 신기한 동물을 보라고 외칩니다. 진양호 동물원에 갔을 때는 심각하게 비매너인 사람은 없었지만. 동물들이 야외에 전시되어 있는 환경이라서 조금 더 주의가 필요해 보였습니다.

특히 한국 부모님처럼 세련된 교육을 하는 부모가 잘 없는데, 아이들과 놀러 나오다 보니 동물까지는 미쳐 생각 못하는 것을 이해합니다. 자는 호랑이를 소리쳐 부른 뒤, 아이에게 쳐다보라고 알려주거나, 흥분한 아이를 제지하지 않는 행동들을 하시는 분들이 계시기는 했습니다. 동물원만 아니라면 전혀 문제되는 행동은 아니었기는 합니다. 그렇다고 동물원을 도서관처럼 이용할 수는 없습니다.

만약, 우리 강아지, 고양이를 동물원에서 만난다면,

만약, 우리집에 내가 키우는 예민하고 작고 소듕한 포메라이언 강아지를 동물원에 전시한다고 상상해보면 쉽게 이해할 수 있습니다. 넓고, 쾌적한 동물원에 우리 강아지나 고양이를 전시중 이지만, 하루종일 아이들이 좋아서 소리지르면서 뛰어옵니다. 포메는 참지 않으니까, 짖겠죠, 한숨 돌리려는데 어디선가, '저기 포메 보러 가자' 외치는 소리에 놀라고, 자는데 계속 불러대는 관람객에게 지치게 됩니다. 우리집 고양이나 강아지를 전시했다고 생각해보시면, 동물들의 마음을 이해할 수 있지 않을까요?

아이들에게 생명의 다양성보다 먼저, 생명의 소중함을 알려줘야 한다고 생각합니다. 우리와 똑같이 단 한번의 기회를 받은 소중한 생명들에게, 더 친절 할 수 있는 방법을 고민한 날이었습니다. 동물원에서 동물원 지도나 안내 팜플릿을 배포할 때 동물원 이용 매너도 같이 배부하면 좋겠다는 생각이 들었습니다. '먹이를 주지 마세요' 말고도, 동물과 생명을 이해하면 우리의 태도가 달라질 것이라고 생각합니다. 구체적으로 어떻게 해야 할지는 저도 잘 모르겠습니다.

모두가 같이 고민해 주세요

아마 다른 분들도, 저와 비슷한 마음이실 것이라고 생각됩니다. 개선이 필요한 것은 알겠는데, 우리가 뭘 해야 할지 모르는 상황. 일단은 입장료는 올려야 할 것 같기도 합니다. 공공성을 감안하더라도, 동물권을 위해서는 조금 올려도, 괜찮지 않을까요? 어차피 입장료로는 수익에 도움이 되지 않을까요? 이런저런 생각이 많이 드는 날입니다. 진양호 동물원은 잘못을 안 했는데, 괜히 강의를 몇 번 듣고, 마음만 무거웠던 날입니다.

동물도, 인간도 행복한 공간을 위해

기본적으로 우리나라의 동물원과 동물원 관람자 모두가 바뀌는 노력을 해야 할 것 같습니다. 뭘 해야 할지는 모르지만, 언젠가는 동물원에서, 사람도 동물도 모두 행복했으면 좋겠습니다. 지금은 사람도 동물도 모두 행복하기는 어려워 보입니다. 하필 공작들 짝짓기 시기라서 더 아름답고 그랬습니다.

진양호 동물원은 공원으로도 훌륭한 곳이었습니다. 어디든 나무 그늘이어서 시원하고, 공원 전체에 온전한 햇빛이 들지 못할 정도로 나무가 많았습니다. 그런데, 덥습니다. 동선도 잘 되어있어서, 어른도 즐기기에 나쁘지 않은 공원이었습니다.

동물원 입장 전, 짧은 교육 시간

멀리서 아이들과 들떠서 뛰어오다가, 표지판을 발견하고 조용히 하는 가족들을 봤습니다. 아마 안내가 잘 되어 있거나, 입장 전에 간단한 교육만 있어도 금방 동물원 문화가 달라지지 않을까 생각됩니다. 외국의 동물원은 매표 후, 한곳에 모여 짧은 설명을 듣고 들어간다는 이야기를 강의에서 들었습니다. 우리나라도 충분히 가능한 작은 노력 같습니다. 진양호 동물원은 아무 잘못이 없음을 밝혀 둡니다. 혼자 마음이 복잡해졌습니다.

사실은, 눈치싸움.
애초에 잔인할 수 없는, 우리소 자랑
-진주 소싸움

사실은 원조 진주 소싸움

진주 여행 시작부터 가장 궁금했던 곳 중에 하나가 바로 소싸움이었습니다. 소싸움은 청도에만 있는 줄 알았는데, 진주에도 있다니 궁금합니다. 스페인 투우는 아름다운 스포츠처럼 묘사되고, 투우사와 빨간 망토의 이미지는 오랫동안 소비되어 왔습니다.

그렇다면, '우리 소싸움은? 동물권이 중요시되는 시대인데?' 여러 가지 생각이 들면서 하루 빨리 보고 싶었습니다. 진주 소싸움은 매주 토요일 상설경기를 합니다. 진양호 아래에 있어서, 진양호와 함께 여행하기에 좋습니다. 진주 시내에서 버스로 갔습니다.

버스에서 내리자마자 보이는 경기장 밖에는 출전 선수들이 대기하고 있습니다. 출전 선수들이 너무 귀여운데 잘 싸울 수 있을지 모르겠습니다.

경기장 한쪽 전시실에는 트로피와 우승기가 전시되어 있습니다. 트로피와 우승기만 봐도 스포츠 냄새가 물씬 나서 가슴이 뜨거워집니다. 아무것도 모르면서 벌써 빠져듭니다. 진양호 전망대에 다녀오느라 소싸움 경기가 한참 진행 중입니다. 소싸움을 보러 오면서, 기대와 걱정이 함께 했습니다. 첫 경기를 보자마자 걱정을 내려놓고 빠져들 수 있었습니다.

눈싸움에 더 가까운 정적인 경기

소싸움 경기 내내 경기장 안에는 경기 진행을 위한 사람들도 같이 들어가서 경기가 진행됩니다. 위험한 상황이 거의 없다는 뜻입니다. 투우처럼 땅을 박차고 달려가는 소는, 진주 전통 소싸움에는 없습니다. 대부분 싸움에서 진 소가 가볍게 달려서 도망갑니다.

선수 입장과 선수 소개

경기에 출전하는 소는 진행요원과 함께 입장합니다. 이때 이름과 체급 나이를 소개합니다. 역시 스포츠는 신체 능력에 대한 평가로 시작됩니다. 소들도 전성기는 3-4살 이후라고 하셨던 것 같습니다. 노련해지고, 담대해지는 나이가 되고, 근력이 최고일 때가 전성기라고 합니다.

씨름과 비슷한 준비 자세

경기 진행 요원분들이 소들의 자세를 잡아서, 싸울 준비를 도와줍니다. 소들이 마주보면 싸움이 시작됩니다. 이제부터는 소들끼리의 진짜 싸움입니다. 어느 정도 템포가 씨름과 비슷한 점이 있습니다. 샅바를 붙잡고 한참 동안 상대의 힘을 가늠하는 것처럼, 소들도 기싸움을 한참 합니다. 거의 소싸움의 반은 눈싸움과 기싸움입니다.

눈싸움을 스포츠로 승화시키는 노련한 해설

재미를 끌어올리는 것은 사실 해설이었습니다. 스포츠 중계를 하듯이 2명이 주고받으면서 해설합니다. 소들의 전적에서부터, 특징, 소들의 감정도 읽어줍니다. 승부 예측도 하고, 스포츠에서 할 수 있는 모든 종류의 해설 기술을 활용해서 재미를 끌어 올립니다. 경기가 지루해지면, 소싸움의 역사와 숨은 이야기도 아낌없이 풀어줍니다. **토요일 관광객을 위한 소싸움이라서, 가수의 축하공연도 있고, 선물 이벤트도 있어서, 경기 자체가 축제입니다.**

소가 거의 다치지 않는 박치기 경기

다치는 소는 거의 없다고 합니다. 다치는 경우에도 경기가 격렬하지 않기 때문에 타박상이나 찰과상에 그칠 것 같습니다. 피나면 KO패 느낌입니다.

애초에 잔인할 수 없던, 전 재산을 건 소싸움

경기장 밖에서 만났던 특이한 색의 소도 경기를 마쳤습니다. 진주 소싸움 경기를 보고 나니, 애초에 우리 전통 소싸움은 잔인할 수가 없었습니다. 농사짓다가 소일거리로 하는 소싸움에서, 소가 죽도록 싸우면 농사는 누가 짓나요? 전재산이었던 소는 닭이나 돼지와 차원이 다른 귀한 자산이었는데, 한번 싸움에 다치거나 죽게 할 수 없었습니다. 너무나 당연한 사실이었는데, 스페인 투우 이미지 때문에 잔인할 것이라고 생각했던 것입니다.

싸워달라고 사정해야 하는 심리전

경기를 진행하는 사람도, 경기중인 소에게도 위험한 상황을 만들지 않아서, 경기중에 멈춘 것처럼 소들이 대치하고 있는 장면이 이어집니다. 대부분의 경기에서는 소들에게 싸워달라고 거의 사정하는 수준이었습니다. 해설이 아니었다면, 세상 심심했을 심리전입니다.

격렬했으나 웃겼던 장면

소싸움에서 가장 격렬했던 순간은 지루하게 대치하던 소들이 싸움 대신 기싸움으로 이기려고, 일어나는 장면이었습니다. 격력해 보였지만, 강아지들끼리 기싸움 하다가 마운팅하는 것을 생각하시면 됩니다. 해설자분들은 이 장면을 놓치지 않고, 농담으로 관중들을 웃겨 주셨습니다. 육중한 소들이 가볍게 두 발로 일어서는 모습이 놀라웠습니다.

보지 않아도 알수 있는 출전 선수 특권

경기가 끝나고, 집에 돌아가는 주인과 소의 모습을 봤습니다. 집에 돌아가면, 오늘 고생했다고 특식도 챙겨주고, 아직은 귀한 대접을 받는 귀한 소입니다. 우리 농가의 특성상 싸움소만 키울 수 없습니다. 고기로 먹는 육우를 키우는 농가에서 싸움소를 키우고 출전시킵니다. 싸움소는 출전하지 않으면 어린 나이에 도축됩니다. 싸움소는 7-8살까지는 경기를 한다고 합니다.

등에 창을 찔러 넣고 피를 흘리다가, 피곤과 패배감에 지쳐 돌아가는 잔인한 투우와는 전혀 다릅니다. 그러면서도 스포츠의 긴장감을 잃지 않는 팽팽한 심리전입니다.

경기가 끝나고 나와보니, 소들도 다 돌아가고 몇 남지 않았습니다. 아마 오늘 밤은 "수고했다" 이야기를 수없이 듣고, 특식을 먹는 장면을 상상해 봅니다. 소싸움 경기의 흥분이 덜 가신 채로, 버스로 돌아왔습니다. 소싸움을 한 번도 안 보셨다면, 일단 한번 보러 가셔도 좋겠습니다.

진주 전통 소싸움 상설경기

매주 토요일 1:30-3시

체급별 30경기

입장료: 무료

3월- 9월 (혹서기제외)

정복보다는 행복한 기분을 즐기는 마지막날 - 선학산 전망대

즉흥적으로 보내기로 한 마지막날

진주 여행의 마지막 날입니다. 아직 가보고 싶은 곳도 많고, 못 가본 곳도 많지만, 오늘 하루는 즉흥적으로 보내 보기로 했습니다.

가끔 작은 도시를 여행할 때면 아무 버스나 지하철을 타고, 내리고 싶은 곳에서 내리기도 하고, 종점까지 가보기도 합니다.

나만의 여행, 세상과 분리하기

오늘을 그렇게 보내기로 했습니다. 좋아하는 음악을 들으면서, 나와 세상을 분리한 후 창밖으로 풍경을 감상하면서, 오로지 세상에 나밖에 없는 존재의 유일함과 외로움을 즐기면서, 멋진 생각과 로망을 담아서 혼자 거리에서 분위기를 잡아 보기로 합니다.

원하는 세상에서, 원하는 나로 살아보는 날

음악을 들으면서 멍하니 창밖 풍경을 바라보고 있다가 내리고 싶은 곳에 내려서 커피 하나를 사고, 괜히 카페에서 노트를 꺼내서 일기도 적고, 좋은 날씨를 핑계 삼아 오글거리는 모든 일을 해보는 날, 그게 오늘입니다.

오늘의 공기와 바람과 햇살과 풍경들을 기억 속에 담아 다시 오기 위해, 추억하는 그날로 만들려고 합니다. 여행의 마지막 날은 항상 바빴습니다. 미처 가지 못한 곳도 가고, 선물도 사고, 숙소에 널부러진 짐도 정리하고, 마지막 날은 항상 바빴던 기억이 납니다.

선학산 전망대 가는 길

처음으로 오후까지 게으름을 피우다가, 처음 오는 버스를 타고 아무데서나 내리려고 출발했습니다. 버스를 타는 순간, 진주 분이 추천해주셨던 선학산이 노선에서 보여서 선학산에서 내리기로 결정했습니다.

선학산 근처에서 내려서, 올라가는 길을 찾기는 했는데, 아무도 없습니다. 지나가는 사람도 없고, 길인지 의심스러운 곳을 만났습니다. **도심 한가운데에 있는데, 길을 잃은 듯, 알 수 없는 세상과 통하는 길로 들어갑니다. 아무래도 원하는 마지막 날을 잘 보낼 수 있을 것 같습니다.**

한참을 오르다보니, 등산로가 맞는지 다른 분들이 하나 둘 올라오기 시작합니다. 아무도 없는 길이라 두려운 마음에, 놀란 토끼처럼 두리번거리던 산행도 한층 편해집니다. 세상 속에 사는 것이 이런 것입니다. 혼자 있고 싶지만, 정말 혼자가 되면, 외롭고 두려운 것. 우리는 서로 모르지만 의지하며 살고 있습니다.

마음이 놓이자, 음악의 볼륨을 높이고, 혼자만의 세상으로 들어갑니다. 사람의 손길이 덜 닿은 이런 조용한 산길을 걷는 여행의 마지막 날, 모든 것이 완벽합니다. 행복이 넘쳐서 살짝살짝 노래를 불렀는데 사람이 따라오고 있었습니다.

그렇게 선학산 전망대에 올라와 있습니다. 오래 시간을 보내려고, 커피며 키보드며 잔뜩 챙겨왔습니다.

세상에서 가장 중요한 일이라도 하는 멋있는 작가처럼 선학산 전망대에서 이 글을 쓰고 있습니다.

선학산 전망대-부끄러운 행동은, 여행에서

우리 동네에서는 이렇게까지 마음을 내려놓고, 마음껏 나만의 세계에 빠져들지는 못했던 것 같습니다. 누군가 알아볼까 하는 부끄러움, 현실에서는 예의 바르고 열심히 일하는 사람으로 살아야 하는 부담감에 일상에서는 아무것도 아닌 자유도 내려놓아야 할 때가 있습니다. 여행에서는 조금 더 자유롭게 내가 되어 살아보는 것, 여행의 이유입니다.

가끔은 정복보다는 즐기는 여행

한 두군데 더 정복하는 것 보다는 지금의 행복한 기분을 가지고 잠들 때까지 있어야겠습니다. 이 글을 쓰면서, 정치 이야기 하는 어르신들 이야기도 엿듣고, 심심하면 사진작가라도 되는 양 땅바닥에 엎드려서 사진도 찍고, 오늘은 제가 상상했던 사람인 척 살아야겠습니다.

진주는 이런 곳에서 엉뚱하게 나와서 놀아도 무섭지 않고, 너무 방해받지도 않고, 적당한 곳 같습니다. 제주에서는 사람이 너무 없어서 무서울 때가 많고, 서울은 사람이 너무 많습니다.

다시 세상으로 돌아오는 길

이젠 내려갈 때입니다. 저녁 메뉴 생각밖에 안 납니다. 세상 속으로 돌아오는 길은 의심스럽고 외로운 길이었습니다. 사람들이 많이 이용하지 않는 길로 내려왔는지, 아무도 없고, 방향도 헷갈리는 그런 길을 지나왔습니다. 다행히 그림처럼 남강이 맞아 주는 것을 보니 맞는 길로 왔습니다.. 작은 절로 통하는 앞길에 이르자, 고양이 한 마리가 안내해 줍니다. 앨리스가 토끼를 따라가는 것처럼, 고양이를 따라 세상으로 다시 나왔습니다.

다시 세상 속에 섞이기가 아쉬운 마음이 들어, 마지막 계단을 남겨두고 오늘의 나를 기념합니다. 저는 왜 셀카 프레임 안에 저를 넣지 못하는 걸까요? 가운데에 사람 나오게 찍는게 원래 어렵나요?

진주 한달살기 해야 할 12가지 이유

8박9일 간의 진주여행

한달살기를 최대한 일주일에 압축해서 여행하려고 부지런히 다녔습니다. 그런데도 가지 못한 곳이 많이 있습니다. 심지어 박물관도 완전 정복은 하지 못했습니다. 아무리 바삐 다녀도, 여행에서 모든 장소를 정복하는 것은 어려운 일 입니다.

한달살기 같은 진주 일주일 살기 코스

1일차 - 진주성-진주박물관

2일차 - 중앙사장-인사동 골동품거리- 레일바이크

3일차 - 하연옥 - 강주연못- 경상대학교 가좌캠퍼스 - 경상 국립대 박물관 - 가좌산 산책로 / 남부 산림 연구소, 수목 종합 전시원 - 석류공원

4일차- 진주시 공영 자전거 대여소(상대동) - 금호지 - 하모의 숲 - 김시민호 유람선

5일차 - 롯데몰 - 경성옥 -이성자 미술관

6일차 - LH 토지 주택 박물관- 진주성 논개제

7일차 - 진양호- 마켓 진양호 카페- 진양호동물원- 소싸움

8일차 - 선학산 전망대

9일차 - 마지막 만찬, 안녕!

진주 여행을 한다고 했을 때 사람들의 반응은 '진주를 일주일이나 여행할 수 있어?' 였습니다. 일주일 정도로는 진주를 정복할 수 없는 진주 여행해야 할 이유 12가지를 소개합니다.

진주 한달살기 해야하는 이유 12가지

1. 렌트가 필요 없는 여행지 - 제주 한달달기에서 큰 비용을 차지하는 렌트 비용이 들지 않는 육지 여행지입니다. 자기차로 와서 여행할 수 있는 곳입니다. 진주는 도로도 넓고, 운전하기에 너무 좋은 곳이었습니다. 수도권이나 부산에서 운전하다 오신 분들이라면 오랜만에 운진의 재미를 느끼실 수 있을 만한 쾌적한 운전 환경 이

었습니다. 주말에는 역시 차가 밀리거나 주차하기 어려울 수는 있습니다.

2. 뚜벅이 여행도 괜찮습니다. 버스를 이용하셔도 되고, 카카오택시도 잘 옵니다. 왠만한 먼 거리도 만원 안쪽으로 택시 타고 갈 수 있어서 편리합니다. 버스 타면 운전할 때 못 보던 세상이 보입니다.

3. 진주는 박물관, 미술관 천국입니다. 국립 진주 박물관, 이성자 미술관, 경상대 박물관, 토지주택 박물관에 다녀왔습니다. 다녀오지 못한 청동기 문화 박물관, 경남 과학 교육원, 남가람 박물관 등이 있습니다. 박물관의 전시 수준도 매우 높아서, 서울 경기에서도 보기 어려웠던 좋은 그림과 유물도 만날 수 있습니다.

4. 음식이 맛있습니다. **진주가 진주인 이유는 전주에서 나물이 빠졌기 때문에 점 하나를 빼고 나왔습니다.** 진주 여행하는 내내 생각해 두었던 문구입니다. 기본적으로 육전에 갈비에 육회를 주니까 행복해집니다. 그외에도 소소하게 먹을 것이 많습니다. 주말에 경기도 외곽가지 마시고, 기차 타고 가서 육회비빔밥 한 그릇만 먹고 와도 남는 장사 입니다.

5. 물가가 저렴합니다. 숙박비, 외식비, 입장료 다 저렴합니다. 입장료는 박물관이 많아서 무료에서부터 1000-2000원 정도 입니다. 가족여행에서는 입장료를 무시하지 못하는데, 부담이 적어집니다.

숙박비도 호텔 퀄리티에 비에 가성비가 좋습니다.

6. 자전거 라이딩을 즐기신다면 진주 여행은 필수입니다. 남강 정복은 어떠신가요? 자전거 길이 정말 잘 되어 있습니다. 하루 무료 자전거를 빌려 소풍 갈 수도 있습니다. 진주의 지형이 평평한 편이라서 난이도 높지 않고, 교외까지 쭉 이어진 자전거 도로는 정복 욕구를 불러 일으킵니다.

7. 도시형 여행, 등산, 자전거 여행, 힐링 여행, 역사 여행 남강산책 등 원하는 테마여행이 다 가능합니다. 주변에 산도 많고, 시외도 많고, 원하는 여행을 할 수 있는 다양한 인프라가 많이 있습니다.

8. 전주, 강원도, 경주는 많이 가는데, 진주는 왜 빠뜨렸을까요? 역사, 문화 쾌적함, 맛집 다 있습니다. 거리도 아주 많이 멀지는 않습니다. 주말에 진주에 와서 5만원대 인데도 쾌적한 진주 호텔에서 머무르면서, 육회 얹어진 비빔밥 먹으면 저렴하고 풍부하게 보낼 수 있습니다.

9. 진주에서만 볼 수 있는 소싸움, 소싸움은 청도가 더 유명하지만 사실 진주가 원조라는 것 알고 계십니까? 보기 힘든 소싸움을 진주에서 볼 수 있는데, 동물 학대인지, 소들을 구해줘야 할지 빨리 와서 보셔야 합니다!!! 사실은 눈치싸움이라고 할 만한 소싸움입니다. 그래도 소를 위해서 감시하려면 일단 가서 현장을 확인해야 합니다.

10. 매운맛 좀 보고 싶다면, 당연히 진주 가야 합니다. 경남분들 매운맛 내공이 엄청납니다. 진주가 본점인 땡초김밥. 도전하러 가야 합니다. 전국 최고 매운맛으로 보장합니다!

11. 5월에는 논개제, 10월에는 유등 축제를 보러 당연히 진주에 가야합니다.

12. 하모를 찾으러 다니는 테마여행이 가능한 진주. 도시 곳곳에 하모 조형물이 많아서, 하모만 찾으러 다녀도 여행이 되는 곳이 진주입니다. 지역 마스코트 중에서 젤 귀요미가 하모 입니다.

진주에 한 번도 안 가보셨다면, 사랑하는 사람과 주말에 훌쩍 기차 타고 버스 타고 떠나보시는 것은 어떠신가요?

처음 진주로 출발할 때는, 아무런 감정이 들지 않았던 낯선 곳, 아무리 떠올려봐도 논개 같은 데이터만 떠올랐던 곳. 이제는 추억 가득한 그리운 곳이 되었습니다. 지도를 추억으로 가득 채우는 일이 바로 여행입니다.

진주는 누군가와 함께 다시 와서, 맛있는 것도 먹고, 행복한 순간도 만들고 싶은 추억의 여행지가 되었습니다. 누군가와 진주에 가면, 자연스럽게 맛집 소개부터 시작 될 듯합니다.

진주에서 만난
음식 이야기

혼나도 괜찮습니다. 이제 배불러요.
-삼천포 24시 충무김밥

오늘은 삼천포에서 아침을 맞은 첫날입니다. 어제 배를 타고 삼천포에 오는 것은 정말 피곤했나 봅니다. 도착했을 때만 해도 여행의 흥분 때문에, 피곤한 줄도 모르고, 숙소 이곳저곳 구경했습니다. 아침에 늦어서 숙소 사진을 남기지도 못하고 떠날까 봐, 밤에 부지런히 사진도 찍고, 영상도 남겼습니다. 분명히 이 거실을 지나서, 101호 제방에 들어간 것까지는 기억이 나는데 아침입니다. 양말도 신고, 외투만 벗은 채 누웠는데 아침이 되었습니다. 가방도 안 열고 잠든 것이 차라리 다행입니다. 잘 잤더니 기분도 좋네요.

어젯밤에 도착해서, 이렇게 귀여운 파스텔 보라색인 줄도 몰랐던, 팔포 게스트하우스도 아침에 보니 새롭습니다. 가벼운 기분으로 아침 메뉴를 골라봅니다. 무시무시한 악평의 충무김밥 집이 있습니다. 거리도 좀 멀리 있습니다. 그래도, 충무김밥을 꼭 먹어야 했습니다. 몇 년을 못 먹었는지 모릅니다. 제가 만들어도 먹어봤지만, 남이 해줘야 맛있습니다.

생활의 달인 삼천포 충무김밥

무려 24시 운영하는 집이고, 생활의 달인 명패도 있고. 시에서 준 30년 가게 명패도 있습니다. '현금만 받는다.', '테이블이 끈적하다.' '불친절하다.' 악평이 무시무시했는데, 괜찮아 보입니다. 생활의 달인 가게라서 그런지 아침부터 손님도 제법 있습니다. 혼자 온 것이 원통합니다. 비빔국수도 먹고, 우동도 먹고 충무김밥도 먹어야 하는데, 고양이 입이라도 빌리고 싶습니다.

시원하게 우동이랑 충무김밥 둘 다 주문했습니다. 충무김밥 1인분쯤이야. 우동도 뭐, 그런 생각으로 주문했지만, 저는 끝이 어떻게 될지 알고 있습니다. 일단 우동도 맛있고, 면도 너무 쫄깃하고, 충무김밥도 맛있고 양이 많았습니다. 서울서 사 먹던 충무김밥보다

양이 엄청 많게 느껴지는 것은 기분 탓일까요? 오징어와 오뎅이 섞여 있는 오징어 무침도 맛있습니다. 무시무시했던 식당 후기에 비해 괜찮았던 곳. 테이블도 안 끈끈하고, 싱겁다고 했는데, 전 오히려 간간하고, 카드 결제도 됩니다. 삼성페이도 잘 됩니다.

남은 충무김밥 사수하기

우동은 진짜 양이 너무 많았고, 계란까지 하나 풀어주셔서 반도 못 먹었습니다. 충무김밥도 반도 못 먹고 싸왔습니다. 남은 음식 포장을 부탁했다가 한참 혼났습니다. 포장은 되는데, 먹다 남은 음식은 잘 상해서 포장이 안 된다고 혼내십니다. "아깝지, 음식 버리면 아깝지", 몇 번 하시더니, 가서 바로 먹으라고, 신신당부하시면서 싸 주십니다.

원칙적으로는, 남은 음식 재포장은 안됩니다. 식당에도 남은 음식 포장은 안된다고 안내되어 있었습니다. 손님들 컴플레인으로 몇 번 고생하신 듯 합니다. 숙소에 와서 열어보니, 정성스레 잘 포장해 주셔서 국물도 안 흘렀습니다. 너무 많이 남아서 싸 주신 것 같고, 보통은 포장은 안 해주실 듯합니다. 혼났다고는 말했지만, 엄마나 이모님들 보는 것 같아서 귀여우셨습니다. 싸주기는 해야겠고, 탈 나고 탓할까 걱정은 하시는 상황이 백번 이해 갔습니다.

맛은 호불호가 갈릴 수 있을 것 같습니다. 오뎅이 들어가서 간간하고 달달한 오징어 무침입니다. 상큼한 오징어 무침과 먹는 충무김밥과 살짝 결이 다를 수 있습니다, 저는 둘 다 맛있습니다. 가격은 6000원에 1인분이지만, 먹어보면 일반 김밥보다 양이 많습니다. 인터넷 후기처럼 완전 형편없는 집은 절대 아니었습니다. 밥을 먹는 동안에도 단체주문이 몇 건 있었습니다. 귀를 의심할 만한 수량, 40개 20개 같은 대량 주문이 일상인 가게입니다. 이것으로 한번은 가볼 만한 이유가 충분할 것 입니다.

세상 화끈한 진주가 본점인 식당
매운 음식을 사랑한다면 도전!
-처음으로 두 번 간 곳,땡초김밥

점점 특별해지는 중인 진주여행

진주 여행 이야기를 블로그에 쓰기 시작하자, 이웃분들이 진주 여행 팁을 많이 주셨습니다. 맛집으로 추천해주신 식당이 많지 않아서 먼저 가보기로 했습니다. 유명한 곳은 이유가 있을테니, 현지인 맛집은 일단 가야 합니다. 그중에서 가깝고, 숙소에서도 먹기 쉬운 땡초김밥에 다녀왔습니다.

진주에 오고 나서 자꾸 음식을 너무 많이 주문하려고 해서 저만의 원칙을 세웠습니다. 메뉴 한 개만 주문하되, 간식거리를 사 먹기로 했습니다. 저녁식사 후 야식으로 땡초김밥이 딱 입니다.

이웃님을 믿고 식당에 가서 메뉴도 안 보고 "땡초김밥 2줄 주세요" 이렇게 포장해왔습니다. 땡초김밥은 2줄씩만 판매합니다. 가격은 6000원으로 저렴합니다. 식당에 들어설 때부터 매콤한 참기름 냄새가 진동해서 맛집이겠다 싶었는데, 숙소에서 열어보니 제주도 전복김밥처럼 생겼습니다. 전복 김밥은 한 줄에 만원 가까이하는 것에 반해 저렴합니다. 몇 개 먹어보니 너무 맛있습니다. 이때까지는 행복했습니다.

그런데,

점점 너무 매워집니다. 저는 사실 맵찔이입니다. 불닭볶음면도 못 먹습니다. 맛있고 좋은데, 살면서 아픈 맛은 처음 봤습니다. 아픈데 다 먹었습니다. 마지막 몇 개는 자세히 쳐다보면서 다져진 고추 조각을 빼내면서 먹을 정도로 멈출 수 없습니다.

며칠 후 친구가 저랑 놀아주러 진주에 왔습니다. 친구는 고향이 경남이라서 진주에도 자주 오는데 땡초김밥을 모른답니다. 매운맛을 조절할 수 있는다는 사진을 본 것 같아서, 데리고 갔습니다. 사장님께 당당히 "매운맛 조절되죠? " 물었는데, "아니오" 그렇게 맵찔이 둘이서 가장 덜 맵다는 땡초 참치김밥 2줄씩을 사서 헤어졌습니다.

오리지널은 아무것도 들어 있지 않은 전복 김밥 같은 모습이었는데, 참치김밥은 참치랑 마요네즈, 단무지, 햄 등이 들어 있는 일반 김밥처럼 보입니다. 친구도 맛있었다고 합니다. 오리지널은 오리지널대로, 참치김밥은 참치대로 다 맛있는 집이었습니다. 가장 안 맵다는 참치김밥도 너무 맵습니다. 진주분들은 모두 이렇게 화끈하십니까? 기다리다 보니 20개씩 포장해가시는 분들도 계시던데, 진주분들 무서운 분들이셨습니다. 진주 땡초 김밥은 처음으로 두 번 간

식당이 되었습니다. 맵기 조절만 해서 서울 가면 대박집이 될 것 같은 땡초 김밥입니다.

여행 가실 분들 중에 매운맛 도전하시는 분들, 먹방은 못 참으시는 분들 무조건 도전하셔야 합니다. 전국 5대 짬뽕집처럼 장차 전국 5대 매운맛에 들어갈 식당입니다.

택시기사님들이 들려준 진주 육회비빔밥 맛집 3대장 - 천수, 천황, 제일식당

진주가 정말로 맛있나? 논쟁

진주에 여행 온다고 했을 때, 주변 사람들이 가장 궁금해하는 것 중 하나가 바로, '진주가 정말 맛있나?' 였습니다. 그래서 진주가 정말 맛있는지 아주 과학적이고 객관적으로 분석해야 하는 중차대한 임무를 띠고, 진주에 도착했습니다.

제주에 살기 전까지 육회는 음식이라기보다는 생고기였습니다. 제주에 살다 보면 돈 내고도 못 사 먹는 음식들이 있습니다. 육회를 판매하는 식당이 별로 없다 보니 맛도 모르면서 육회가 굉장히 먹고 싶게 되었습니다.다.

진주 육회 비빔밥 3대장

진주에 오면 육회 비빔밥을 얼마든지 먹을 수 있으니까, 생각만 해도 신났습니다. 처음에는 어떤 식당으로 가야 할지 잘 몰랐습니다. 진주 비빔밥집 3대장은 하연옥, 제일식당, 천수식당, 천황식당입니다.

그냥 비빔밥이 아니다, 육회 비빔밥

진주 육회 비빔밥이 혜자인 이유는 당연히 육회 때문이지만, 육회가 한 숟가락 올라가는 것이 아니고, 한 웅큼 올라가기 때문입니다. 사실 별 차이 없을 수도 있지만, 한 웅큼이랑 한 숟가락은 기분상 '천지' 차이입니다.3대장인데 4곳인 이유는 3대장이 입에 찰떡이기 때문입니다. 하연옥은 비빔밥 맛있는 냉면집이라고 칩시다. 친구는 하연옥 비빔밥이 제일 맛있다고 합니다.

제일식당은 가오리무침

제일식당은 무려 택시기사님이 추천해 주신 곳입니다. 육회비빔밥도 맛있지만, 가오리무침을 먹으라고 하십니다. 육회비빔밥 9000원, 가오리무침 2만원 입니다. 가오리무침은 술이 술술 들어가는 맛이라고 하니 궁금합니다.

이웃님이 강력하게 추천해주신 천수식당

무려 육회 비빔밥이 7000원인 천수식당입니다. 반찬과 같이 나온 선지국에서 고수의 향기가 납니다. 반찬들이 정갈하면서 대단한 것은 아닌데 비빔밥이랑 잘 어울렸습니다. 이웃님이 강력하게 추천해 주신 이유를 알만했습니다. 육회를 저렴하게 포장해갈 수 있는 곳이기도 합니다.

가격만 봐도 알겠는 천황식당

천황식당은 오래된 건물을 보존해서 특이한 외관으로 많이 기억하는 진주 대표 맛집입니다. 육회비빔밥은 기본이고, 불고기도 맛있다는 곳입니다.

육회비빔밥 만원 선지해장국과 콩나물 국밥은 4000원인 곳입니다. 가격을 잘 못 봤는지 한참 보게 만드는 믿을 수 없는 가격입니다. 순간 과거로 온 줄 알았습니다. 생수 한 병이 1000원인 시대인데, 말이 되는 가격입니까?

가격을 저렴하게 받지 않아도 항상 손님이 넘치는 유명한 식당인데도, 가격을 올리지 않고 저렴하게 운영하시는 것만 봐도 감동입니다. 이런 식당은 당연히 믿을 수 있고, 돈쭐 내줘야 할 것 같습니다.

진주성에서 모두 걸어서 가기 쉬운 위치

세 곳이 모두 가까이 붙어 있어서, 진주성 근처에 머무르면서 한 군데씩 가보기에 좋습니다. 걸으면서 직접 찍어온 사진이니까 거의 일직선으로 붙어 있다고 볼 수 있습니다. 하연옥도 가까이 있기는 하지만, 하연옥에서는 냉면만 먹어서 따로 이야기하려고 아껴두었습니다.

진주비빔밥의 특징은 나물보다는 콩나물과 볶은 채소가 들어가서 전주비빔밥과는 다른 느낌입니다. 가장 큰 차이는 넉넉하게 들어가는 육회였는데, 육회의 양념도 집집마다 다르고, 고추장도 달라서 맛집마다 찾아가는 재미가 있습니다.

택시 기사님들의 원픽은?

이번 여행에서는 택시를 탈 때마다 기사님의 원픽 식당을 물어봤었는데, 생각보다 제일식당이 많았고 제일식당의 메뉴는 가오리무침으로 통일이었습니다. 천수식당과 천황식당 사이의 수복빵집 이야기를 해주신 분도 계셨습니다. 수복빵집 빵이 그렇게 맛있다고 해 주셔서 꼭 가보려고 했는데, 다시 가지는 못했습니다.

수복빵집은 오랫동안 자리를 지키면서 진주사람이라면 추억 하나쯤은 가지고 있는 모두의 빵집입니다. 전통적인 팥빵도 맛있고, 줄을 서야 할때도 있을 정도로 인기 있는 곳이라고 합니다. 모두의 추억의 맛이라면 당연히 가봐야 합니다.

맛있는 진주 식당들이야기를 엳들은 사연

택시기사님들께 맛있는 식당을 여쭤볼 때마다 진주가 맛있는 것을 알아줘서 기뻐하셨습니다. 그러면서 식당의 역사, 가족사, 식당들의 변천사와 추억까지 이야기해 주셔서 듣기만 해도 재미있는 진주 맛집의 역사였습니다. 이제 어느 식당의 며느리가 누군지, 아들이 착한지 상속은 누가 받았는지도 알게 되었고, 그 속에서 나고 자란 곳의 진짜 모습을 사랑하는 많은 분들의 마음도 봤습니다.

여행자라고 하니, 환영해 주셔서 감사했습니다. 제가 다녀오지도 않은 식당들을 이렇게 이야기하게 된 이유이기도 합니다. 여행자들이 쉽게 진주의 맛을 즐기고, 맛이 문화가 되어 그 지역을 이해하게 되고, 추억하게 되면 좋겠습니다.

천수식당 하나만 겨우 가보고 진주를 떠나다니 원통합니다. 다시 꼭 돌아가서 나머지 식당들도 정복해야 하겠습니다. 여행은 정복하는 것이 아니지만, 맛집은 정복해야 합니다.

육전 얹어주는 진주 냉면이 다른 이유
-압도적 비주얼의 진주냉면 맛집, 하연옥

동네 사람들은 다 안다는 진주 냉면의 숨은 이야기

진주와 사천사람을 다 안다는 진주 냉면의 양대 산맥에는 하연옥과 하주옥이 있습니다. 제가 하연옥을 갔었던 진주여행 3일차에는 하연옥이란 이름을 알게 된 지 3일 되었기 때문에, 이름만 들어도 형제처럼 보이는 하주옥과 하연옥의 깊은 관계를 알리가 없었습니다.

누가 원조인지 알기도 어렵고, 실제 형제 사이라는, 동네 사람들은 다 안다는 하연옥과 하주옥 이야기를 알게 된 것은 며칠이 지나지 않아서였습니다. 유명해서 방문하고, 숨은 이야기가 재미있어서 또 먹으러 가는 진주냉면입니다.

진주, 사천 권역에서 쉽게 만날 수 있는 하연옥과 하주옥

육전을 얹어주고 해물 육수를 베이스로 하는 진주냉면, 누가 원조일까요? 진주 여행을 마치고, 사천을 지나 삼천포도 여행을 했습니다. 똑같은 냉면이 진주에서는 진주냉면, 사천에서는 사천냉면이 되는 마법이 일어납니다. 사천사람은 사천이 원조라고 하기도 합니다.

확실한 것은 진주, 사천, 삼천포 어디나 육전을 얹은 진주 냉면을 쉽게 먹을 수 있습니다.

물론 하연옥 아니면 하주옥도 쉽게 만날 수 있습니다.

여행자가 느끼는 원조의 맛

진짜 진주 냉면의 맛은, 냉면을 먹는 사람들이

"서울에도 하연옥이 생겼다며? 진주보다 못 하다던데"

뭐 이런 류의 이야기를 들으면서, 원조의 맛을 즐기는 것이 아니겠습니까? 제가 본 하연옥은 체계화가 매우 잘 되어 있어서 서울 아니라 미국에서도 같은 맛을 낼 것 같은 느낌이었습니다.

혼자 여행이 싫어지는 순간, 맛집을 만났을 때

저는 메뉴만 보면 화가 나는 혼자 여행자입니다. 육전은 포장해 간다고 칩시다. 진주냉면을 일단 먹어야 하고, 친구는 비빔밥을 추천했고, 저의 영혼은 국밥을 외칩니다. 아니, 리뷰는 갈비가 그렇게 맛있다고 합니다. 어떻해야 하나요? 진주는 맛보기도 전에 메뉴서부터 매력적입니다. 모는 메뉴가 다 소인데, 당연히 흥분하게 됩니

다.

당신은 비냉파? 물냉파?

10대 때에는 전라도에서 자랐는데. 전라도 사람들은 일단 비냉을 먼저 시키고 여유가 있을 때 물냉을 시키는 경향이 있습니다. 4명이 가면 3명이 비냉 1명 정도가 물냉면인데, 대학 때 처음 서울 살이를 하면서 서울의 압도적인 물냉면 문화에 놀란적이 있었습니다. 그 생각이 나서 진주에서도 열심히 관찰했으나 결론은 냉면을 먹으러 한 번 밖에 못 갔다는 슬픈 현실입니다.

진주분들, 아니면 다른 지역 분들

물냉파 이신가요? 비냉파 이신가요?

압도적인 비주얼의 하연옥 냉면

하연옥의 냉면은 비주얼이 정말 압도적입니다. 이제는 많이 사라져 버린 실고추만 봐도 남도에 온 것을 느낍니다. 요즘 제주에서만 있어서인지 실고추 고명 얹은 음식을 정말 오랜만에 봅니다. 놋그릇에 나오는 음식도 많이 봤지만, 정식용 놋그릇이 아니고, 커다란 사이즈의 냉면 놋그릇은 느낌이 색다릅니다.

진주 냉면의 비장의 무기

진주냉면은 면부터 다릅니다. 메밀면을 사용하는 다른 냉면들과는 달리, 녹두와 메밀을 같이 사용했다고 합니다. 녹두가 너무나 몸값이 높다 보니 지금은 비율이 달라졌다고는 하는데, 진주냉면의 면은 쫄깃하다기보다는 부드럽습니다.

육수도 고기를 사용하는 다른 육수들과는 다른 것이 진주냉면의 특징입니다. 해물 육수가 베이스입니다. 실제 맛을 봤을 때는 해물만을 육수로 사용하지 않고 고기 육수에 해물을 첨가하는 것 같은 맛이었습니다. 냉면의 육수 때문에 호불호가 많이 갈린다고 하는데요. 저는 비냉 파입니다. 맛있습니다. 육전을 올리는 것도, 진주와 사천 냉면만의 특징이라고 하는데, 진주냉면과 사천냉면은 조금 다르다고 합니다.

하연옥의 비빔냉면 맛은?

하연옥의 냉면은 육전도 정말 양이 많습니다. 육수가 너무 없어서 뻑뻑하지도 않고, 채소도 면도 충분해서 맛있었습니다. 남자분들도 충분한 양이 아닐까 싶습니다. 특히 육전이 매우 맛있었습니다. 두껍지도, 퍽퍽하지도 않고, 누린내도 잘 잡아서 감동적인 맛이었습니다. 진주에 다시 간다면 매일 육전 먹고 싶습니다.

진짜 둘이 먹다 하나 죽어도 모르는 맛.

압도적인 비주얼로 세팅되어 나온 냉면을 이리저리 섞고, 잘라서 먹는 동안은, 이곳이 하연옥인지, 하주옥인지 누가 원조인지 아무 생각이 안 났습니다. 시원한 감칠맛과 부드러운 면과 상큼한 채소와 육전을 함께 먹으니 그게 힐링이었습니다. **너무 맛있는 것을 먹는 순간은 가족 생각이 안 난다고 그러던가요? 다 먹고 나니 생각이 납니다.**

조선 2대 냉면, 진주냉면 맛보세요.

진주에 가시면 재미있는 이야기를 가진 하연옥, 하주옥, 다양한 냉면집에도 가보셔야 합니다. 진주냉면은 평양냉면과 조선의 2대 냉면으로 고문헌에 나온다고 합니다. 3대 냉면도 아니고 탑2 입니다.

"이제 밥 없어,.," 밥 떨어지기 전에 가야하는 -1인 갈비찜 맛집, 삼원

진주 가면 먹어야 할 또다른 음식, 갈비찜

진주에는 냉면 비빔밥 말고, 또 먹어야 하는 음식이 있습니다. 정확히는 진주 음식은 아니지만, 금방 지역인 안의 갈비찜입니다. 예전에 서울, 경기에서 안의 갈비찜 식당이 엄청 유행한 적이 있었습니다. 그때 각종 갈비찜 프랜차이즈가 많이 생겼습니다. 진주성 뒤에 관광객이 많이 가는 안의 갈비찜 집이 있는데, 1인분은 판매하지 않습니다.

광기로 찾아낸, 1인 갈비찜 판매하는 식당

가장 좋아하는 음식이 갈비찜입니다. 저는 살짝 광기에 휩싸여서, 1인도 먹을 수 있는 갈비찜 식당을 미친듯이 검색했습니다. **그렇게 찾은 곳이 삼원 식당입니다. 진주성에서 걸어서 갈 수 있도록 가깝고, 1인 소 갈비찜, 돼지 갈비찜을 판매하는 식당입니다.**

사실 갈비찜만 먹을 수 있게 해준다면, 맛 따위는 상관없기는 했습니다. 도착해보니, 가격도 혜자, 실내도 깔끔하고, 선택 가능한 메뉴도 많은 곳이었습니다. 아니, 돼지갈비와 소갈비찜을 한곳에서 판매하시는 사장님은 천사입니다.

늦게 가면 밥떨어지는 동네 맛집

가장 중요한 사실은 제가 주문하고 나자, 주방에서 살짝 들려온 말입니다.

"이제 밥 없어...."

메아리처럼 울려오던 '밥 없어……' 마지막 주문을 성공한 기쁨과, 맛집이라는 확신이 한꺼번에 몰려오는 마법의 단어입니다.

진주여행 할 때도, 저녁은 조금 일찍 드세요

제가 거의 마지막 손님이었습니다. 진주도 생각보다 식당이 빨리 닫아서, 서울 생각하고 9시쯤 저녁 먹으러 가면 식당이 다 닫아서 저녁 먹기 힘들어집니다. 코로나 이후에 더 심해졌다고 합니다. 삼원도 마지막 주문 시간이 8시30분 이니까 너무 늦게 가시면 안 됩니다.

소갈비찜 정식의 맛은?

소갈비찜 정식을 주문했습니다. 기본적으로 단 짠 얼큰한 갈비찜이었고, 갈비에 생각보다 고기가 많아서 만족스러웠습니다. 오갈 데 없이 하루종일 걸었던 여행자는 정말 허겁지겁 먹었습니다. 고기도 정말 부드럽고, 너무 맵지도 않고 맛있게 먹었습니다. 여자들에게는 양이 살짝 많아서, 반찬은 거의 못 먹었습니다. 다 먹고 나면 국물에 밥을 비벼 먹어야 하는 맛. 남자분들은 공기밥 2공기는 뚝딱 드실 수 있습니다. 인생의 정답은 언제나 고기입니다.

사장님도 굉장히 친절하셨던 삼원이었습니다. 진주성 혼자 여행자는 고민 없이 가시면 됩니다. 여행자는 혼자라도 가끔 고기로 충전이 필요합니다.

진주 혁신도시 냉면 맛집에서, 갈비탕 먹은 썰 -경성옥

5일차에는 진주 여행 4번째 숙소인 뉴라온스테이 호텔로 옮겨왔습니다. 진주 혁신 도시지역으로 옮겨왔습니다. 혁신도시는 신시가지로 롯데몰과 각종 사무실 아파트 등이 모여있는 지역입니다. 진주에서 한달살기를 한다면, 쇼핑하러 혁신도시로 오게 될 것 같습니다.

아침에 호텔에 짐을 맡기고 아점을 위해 호텔 옆의 식당을 보니, 제주 생선구이 식당입니다. 제주에서 얼마 만에 육지에 온 건데, 제주식당에서 밥을 먹을 수 없었습니다.

검색으로 찾아온 경성옥

혁신도시는 빌딩이 많아서 확실히 진주 구시가와는 달라 보입니다. 냉면집인 경성옥도 사무실에 엘리베이터 타고 올라오는 느낌이라 기분이 다릅니다. 마침 어린이날이라서, 혼자 여행자는 매우 눈치를 보면서, 혼자 식사가 가능한지 물었습니다. 경성옥 사장님이 매우 친절하십니다.

16,000원 갈비탕이 어떻게 후기가 좋지?

주문하면서 경성옥은 냉면을 잘하는지, 갈비탕을 잘하는지 물어봤는데, 엄청나게 고민하십니다. 날씨가 더워 당연히 냉면을 먹으려고 했습니다. 더운 날씨라 당연히 냉면을 추천할 줄 알았는데, 고민하시는 것을 보고 충동적으로 갈비탕을 주문했습니다.

혼자 여행자는 밥 먹을 때마다 웁니다. 경성옥 갈비탕이 16000원으로 가격이 비쌌는데, 후기가 좋아서 호기심이 생겼습니다. 그렇게 갈비탕을 먹게 됩니다. 16,000원짜리 갈비탕이 얼마나 맛있어야 후기가 좋을 수 있지 의아해하면서 기다렸습니다.

깔끔한 놋그릇에 나온 반찬과 갈비탕. 비주얼은 합격입니다. 반찬도 다 깔끔하고, 갈비탕도 양도 많고, 고기도 많고, 당면도 많고 다 많습니다. 16,000원이 아깝지 않았습니다. 맛은 있었지만, 어린이날이라 테이블이 금방 꽉 차서, 비냉, 물냉을 섞어서 시키고도, 육전도 주문하는 소리를 들으면서, 원통한 마음으로 식사를 마쳤습니다.

갈비탕도 맛있지만, 냉면 맛집이라는 경성옥

더운 날씨지만 보신하는 느낌으로 허겁지겁 맛있게 먹었습니다. 고기가 녹았기 때문입니다. 경성옥 정도면 친절하고 맛도 있고, 다 좋았습니다. 계산하면서 여기는 무슨 메뉴가 맛있느냐고, 다른 메뉴에 미련을 못 버린 여행자가 물었습니다. 1초도 안 걸려서 "우리집은 냉면이죠" 하십니다. 6000원 더 내고 땀을 삘삘 흘리면서 갈비탕 먹었는데, 아쉽습니다. 그렇게 경성옥은 냉면도 맛있다는 정보를 얻어냈습니다.

진주여행 마지막날, 목표는 한끼를 더 먹는 것 - 오뎅정식 중앙집

여행을 마치고, 돌아가는 날이 되었습니다. 진주에 처음 도착했을 때는 모두가 낯선 곳이었는데, 이제는 추억의 장소가 되었습니다. 다음에 진주에 도착하면 익숙한 길을 반갑게 걸으면서 맛집으로 달려가게 될 것입니다.

진주 시외버스터미널, 물품보관소

진주를 떠나기 전에 한 끼를 더 먹으려 욕심을 내봅니다. 진주 시외버스 터미널 2층에 캐리어를 맡기고 다녀오기로 했습니다. 2층에 있어서 무거운 짐을 가지고 올라가기는 힘들었습니다. 가방 보관 뿐 아니라, 퀵서비스나 택배, 탁송 서비스도 하는 사무실입니다.

- 진주성이 가까우면, 진주성 공북문에도 캐리어가 들어가는 락커가 있습니다.

진주 시외버스 터비널 물품 보관소/ 퀵 서비스 / 분실물 보관소

이용시간: 오전 10 - 오후 8시 / 주말 11시 - 오후 7시

물품 보관료 2000원 부터

진주에서 마지막 만찬 중앙집

검색도 하고, 약국에 들렀다가 맛집을 물어서 마지막 식사를 하러 갔습니다. TV에도 나왔던 중앙집입니다. 추천해주신 곳으로 맞게 찾아온 것인지 모르겠습니다. 알려주신 식당 이름이 기억이 안 나신다고 하셨지만, 이렇게 또 새로운 맛집을 만나게 될지도 모릅니다. 바로 진주성 뒤 하연옥 건너편에 있습니다.

혼자 여행자도 밥 먹기 좋은, 1인 오뎅정식

혼자 여행족이 밥 먹기에 좋은 곳입니다. 오뎅 정식을 먹었습니다. 초밥도 있고 매운탕도 있는 곳이었습니다. 일단 음식도 깔끔, 매장도 깔끔, 친절하셨습니다. 동네 어르신들도 와서 오뎅 정식 드시고 가시는 곳이었습니다.

오뎅을 찍어 먹는 소스가 이 집 비법인 것 같은데 단짠 와사비 맛이라 맛있었습니다. 고기가 아니어서 그런지 진주에서 마지막 만찬치고는 아쉬웠습니다. 혼자 밥 먹기에는 좋았고, 음식도 깔끔하고 맛있고, 친절했습니다.

진주에서 만난
호텔 이야기

가족과 진주여행한다면,
위치, 조식, 뷰, 가격 다 알맞은 진주 대표호텔
- 골든 튤립 남강 호텔

누가 시키지도 않았는데, 진주의 숙소를 4곳으로 나눠서 숙박했습니다. 가능하기만 하다면, 진주에서 괜찮다 하는 숙소를 다 리뷰해 보고 싶었지만, 며칠 사이 가능한 일이 아닙니다. 최대한 많은 곳을 경험하기 위해 옮겨 다녔습니다. 덕분에 매우 피곤했습니다. 누가 보면 대형 유튜버라도 되는 줄 알겠습니다. 이것이 여행기를 쓰고 싶은 간절함과 성실함이었습니다.

호텔들은 예전과는 다르게 체크인 시간 전에는 체크인을 잘 받아주지 않습니다. 점점 체크인과 체크아웃 시간을 정확히 지키는 경향이 보입니다. 진주뿐만 아니라, 체크아웃 연장 서비스를 해줬었던 대형 호텔 체인들도 마찬가지입니다. 아마 코로나로 인해 호텔 관리 인원이 줄었기 때문이 아닐까 짐작해 봅니다.

진주성과 진주 시외버스터미널을 걸어서 오갈 수 있는 골든 튤립 호텔입니다. 호텔 아래에 바로 편의점이 있어서 매우 편리했습니다. 진주성 근처에서는 골든 튤립과 동방호텔을 가장 많이 이용하시는 것 같습니다.

골든 튤립 호텔의 유용한 안내 책자

위치가 좋아서 뚜벅이 여행자에게도 매우 편리하고, 하연옥이 가까워서 조식 먹고 놀다가 점심은 냉면이나, 비빔밥 먹으러 가기도 좋습니다. 골든 튤립에서는 호텔에서 제공하는 맛집 지도가 있었는데, 매우 유용했습니다.

근처 맛집은 다 모아 놓아서 고민 없이 골라 갈 수 있습니다. 레일바이크 10% 할인권 (1000원)도 있으니 가족이 많은 경우 챙겨가면 쏠쏠합니다.

호텔 예약시, 객실 선택하는 법

골든 튤립 호텔의 외관은 세련된 새 건물은 아니지만, 진주 대표 호텔이라고 해도 좋습니다. 다른 호텔도 열심히 알아봤는데, 더 좋은 조건의 호텔이 많이 없습니다. 투숙해보니 객실도 깔끔하고, 친절합니다. 단점이 없지는 않지만, 쾌적하게 지내기에 좋았습니다.

저층보다 만원 정도 더 내면, 남강 뷰와 진주성 뷰를 골라서 숙박할 수 있는데, 진주성 뷰를 골라서 숙박했습니다.

가족들과 투숙하기 좋은 골든 튤립 호텔

다시 골든 튤립 호텔에 숙박할 거냐고 물으신다면 "네", 입니다. 위치 청결도, 편의성 다 마음에 들었습니다. 진주성 뷰에 다시 숙박할 거냐는 조금 다른 이야기인데, 첫날은 매우 맘에 들지 않았습니다. 창이 매우 작고 더러워서 이런 뷰를 굳이 사야 할 필요가 있나 불평했습니다. 며칠 지내보니 밤에 보는 진주성이 야경이 아름다워서 가족들과 오면 당연히 진주성 뷰에 다시 숙박할 것 같습니다.

조식이 필요하다면, 체크인 시 구매하기

제가 방문했을 때는 조식 포함 옵션을 판매하지 않았습니다. 비지니스 호텔이라고 생각했는데, 관광호텔인가 봅니다. 사전 예약으로 조식을 예약했습니다. 코로나로 인해서 한상차림으로 나온다고 해서 신청했는데, 뷔페로 나와서 실망했습니다. 주는 대로 먹는 것을 좋아합니다.

한식위주의 뷔페식 조식/ 괜찮다

조식의 가격이 매우 저렴한 것을 생각하면 잘 나오는 편입니다. 요즘 조식이 9000원 하는 곳은 거의 없으니 합리적인 가격입니다. 이상하게 호텔만 가면 아침에 매우 배고픈데 입맛이 없는 상태가 됩니다. 저만의 조식 루틴이 있는데, 베이컨, 칠리소스, 크루아상, 가염버터, 계란 프라이 두 개, 샐러드입니다. 다른 거는 잘 안 넘어갑니다. 골든 튤립 호텔의 조식은 일단 베이컨이 없고 주로 한식입니다. 밥을 가져오기는 했는데 다 먹었습니다.

예쁜 조식을 먹으려면, 조금 서둘러야

어른들과 함께 하는 여행이라면, 한식 조식이라서 입에 잘 맞으실 듯 합니다. 골든 튤립 호텔은 항상 투숙객이 많으니 일찍 가셔야 합니다. 아시다시피 조식당은 늦게 갈수록 음식들이 미워집니다. 음식의 핵심기술은 늦게 가면 없습니다. 메추리알 없는 장조림, 흐트러진 계란찜이 싫으시다면, 일찍 밥 먹으러 갑시다.

골든 튤립 호텔에서 가장 매력적이었던 공간, 16층에 스카이라운지를 운영하는데, 스카이라운지라고 해도 옥상정원에 테이블을 꾸며 놓아서, 편하게 이용하시면 됩니다. 여기서 보는 진주의 남강과 진주성 풍경이 장관입니다. 이 공간 때문에라도 골든 튤립에 묵어야 합니다. 혼자는 흥이 안 나서 얼른 사진 찍고 내려왔습니다.

진주 시내를 360도로 조망할 수 있어서 진주에 사시는 분들이 투숙하시면 더 재미있을 것 같습니다. 진주 지리를 잘 모르는 제가 보기에는 그저 아름다운 풍경이었지만, 진주시민이시라면 풍경 속에 추억도 같이 찾을 수 있는 곳입니다.

완벽한 여행을 도와주는 준비된 곳
- 진주성 북카페/ 북스테이 숙소 ,진주게스트하우스

진주에서 세 번째 숙소로 옮겨왔습니다. 진주 게스트하우스도 진주성에서 걸어서 갈 수 있는 위치에 있는 게스트하우스입니다. 덮어놓고 추천할 수 있는 곳입니다. 커플이나, 모녀 여자친구들끼리 하는 여행은 무조건 이 숙소 가시면 됩니다. 가성비, 위치 모두 최고입니다.

북스테이 추천 숙소

책에 진심이신가요? 두꺼운 책을 들고 다니는데 진심이신가요? 아니면 해리포터에 나오는 살아 움직이는 책들에 대한 로망이 있으신 분은 온통 책으로 장식된 이곳, 진주 게스트하우스에서 북스테이를 즐기실 수 있습니다. 요즘 북스테이 숙소가 많은 사랑을 받고 있는데, 이곳은 말 그대로 스테이위드 북입니다. 인테리어도 책이고, 지하에는 진주성 북카페가 있고, 도서관처럼 책들이 짓누르지 않고, 손만 뻗으면 책들과 함께 할 수 있는 곳입니다.

책에 진심인 진주 게스트하우스

꿈꾸던 곳 같은 인테리어가 마음에 쏙 들었습니다. 책이 장식도 되고, 예술도 되고, 빛도 되는 곳입니다. 책으로 만든 조명은 너무 마음에 들어서 판매처를 물어봤습니다. 해리포터에 나올듯한 살아있는 책 같은 작품도 전시되어 있습니다.

호텔수준의 베딩이 편안했던 숙소, 베개4개의 행복

진주 게스트 하우스는 꼼꼼하게 준비한 것이 한눈에 보이는 숙소입니다. 많은 게스트하우스를 다녀봤지만, 게스트하우스에서는 호텔식으로 베딩을 정리해 두지 않습니다. 호텔식 베딩이 매우 많은 노동력이 들어가기 때문입니다. 진주 게스트 하우스는 일단 침구의 퀄리티, 베개의 질, 침구 정리 상태가 호텔 수준 입니다. 잠자리가 그만큼 편하다는 뜻입니다.

누워서 불끄고 잘 수 있다.

호텔에서 중요한 것 중 하나가 침대에 누워서 불을 끄고 잘 수 있느냐도 중요합니다. 침대 옆 스탠드도 감동이었습니다. 작은 것이 편안함을 가져온다는 것을 신경 써 주신 세심한 배려가 돋보였습니다.

최초로 고대기를 발견한 완벽한 숙소

침실은 신축인가 싶을 정도로 매우 깔끔했습니다. 우리나라에서 경험한 숙소는 거의 다 깨끗하고 흠잡을 데가 없는 경우가 많았지만, 진주 게스트하우스는 특히 더 청결한 곳이었습니다. 청결도 100점입니다.

충격적이었던 것은 코로나 이전에 4년을 장기 여행했던 제가 모든 종류의 숙소에서 처음으로 발견한 고대기입니다. 진주 게스트하우스가 얼마나 진심으로 손님맞이 준비를 하고 있는지 알 수 있는 부분입니다. 고대기가 있는 숙소가 있다니 감사할 따름입니다.

비지니스를 투숙객을 위한 업무공간도 있고, 각 층마다 휴식 공간도 있습니다.

취향을 담은 게스트하우스 안 북카페

진주 게스트하우스 지하에는 진주성 북까페가 딸려 있습니다. 투숙객만 이용할 수 있는 넓은 공간에서 자유롭게 책과 함께 휴식을 취하실 수 있도록 되어 있습니다.

책은 인테리어 소품처럼 곳곳에 있습니다. 한권 한권 모두 주옥같은 책들이 많아서, 책도 엄선해서 가져다 놓으셨나 생각이 들었습니다. 북카페에 가면 대부분 엄청난 양의 책을 자랑하기 위해서 베스트셀러를 다 가져다 놓는 경우가 많은데, 진주성 북카페는 책들을 큐레이팅해서 가져온 듯했습니다. 취향을 담은 컬렉션이라고 할 수 있습니다.

공간이 차분하면서도 다양하게 구성되어 있습니다. **책 읽기는 읽는 순간의 상황에 따라서 그 감동이 달라지기도 하는데 여행지에서 빈백에 앉아 읽었던 책을 어떻게 잊을 수 있을까요?**

추가 비용 없이 AR기기들을 이용할 수 있는 곳

진주성 북카페에는 무료로 이용 가능한 AR기기들이 있습니다. AR기기들도 추가 비용 없이 편히 사용할 수 있습니다. 이쯤되면 카페, 책, AR기기까지 한 번에 이용할 수 있는 가성비 최고 숙소라고 해도 될 듯합니다.

사실 북스테이를 할 수 있는 진주 게스트하우스는 여행자를 위한 곳이고, 힐링을 위한 곳입니다. 조금은 느리게 쉬어 가는 곳으로 활용하시면서, 운명적인 책 한 권도 만날 수 있는 곳입니다.

세심하게 준비된 조식

조식 냉장고를 보면 호스트의 마음을 알 수 있습니다. 누가 게스트하우스 조식으로 코코넛 밀크를 준비해 줍니까? 커피와 코코넛 밀크가 잘 어울리는 것 모두 다 압니다. 동남아 여행 때 먹었던 카야잼도 있으면 여행의 분위기가 물씬 날 수 있습니다. 여기엔 모두 있습니다. 그런데도 사장님은 조식이 부족한 것을 물어오셨습니다. 우리집에도 없는 것을 준비해 주셨는데, 부족할리 없었습니다. 진주 게스트하우스를 가장 편안하면서도 매력적인 공간으로 만들고 싶으신 마음을 솔직하게 보여 주십니다. 욕심 많으신 사장님 덕분에 발이 안 떨어지지만, 다른 분들은 진주 가시면 진주 게스트하우스에서 특별한 추억 만드시면 좋겠습니다.

같은 시대를 살아가는 동지애를 보여 주신 분

떠나는 날 감사를 표하면서, 여행자를 위한 공간을 만들어가려는

고민이 보여서 감동했다고 말씀드렸습니다. 저도 비슷한 고민을 하는 중이라 공감했다고 했습니다,

환하게 웃으시면서, "무슨 고민?" 이렇게 말씀하시던 모습이 너무나 강렬합니다. "다들어 줄께, 인생 그렇게 어려워할 필요 없어" 이렇게 표정으로 말해주셨습니다.

게스트하우스는 아마 이런 곳이겠죠. 사람과 인생과 여행을 만나러 가는 곳, 거기에 책도 함께 있는 공간이 진주 게스트하우스 입니다.

진주 게스트하우스 / 055-745-4600

위치 - 진주성에 걸어서 갈 수 있는 거리

체크인 4시-체크아웃 11시/ 조식 제공

경상남도 진주시 남강로 633번길 9-3 진주게스트하우스

* * *

저는 끊임없이 에피소드를 풀어내는 글 수다쟁이입니다. 그날 아침의 대화 마무리를 들려드리면, 내용은 별것 없었고, 기억도 잘 안납니다.

사장님이 너무 쾌활하시고, 너무 훈훈하지도, 너무 세련되지도 않은 척 내공을 숨기신 분이라, 정말 진지하지도 않고, 깊이 없는 일상 이야기를 해도 이야기가 잘 됩니다. 신기한 것은 그렇게 일상 이야기를 했는데 철학적 담론을 깊이 나누고, 답을 얻은 듯한 기분이 듭니다.

아무 이야기도 안 했는데 고민도 없어지고, 아침이 눈부시던 기억이 납니다. 고민 많을 때, 생각이 많을 때도 여행 떠나는 것이 맞습니다. 가끔은 저절로 실마리가 풀릴 수 있도록, 다른 일을 하며 잠시 덮어두는 일, 여행이 해줄 수 있습니다.

여튼, 사장님의 행복이 저한테까지 옮겨오는 곳이었습니다.

가성비 좋고, 아침 맛있었던
- 혁신도시 뉴라온스테이 호텔

진주혁시도시에도 가볼만한 여행코스가 많아요

진주에서 4번째 투숙한 뉴라온스테이 호텔입니다. 진주 혁신도시에 있는 전형적인 비지니스 호텔 같지만, 관광객분들도 많았습니다. 혁신도시는 여행하기 좋은 지역은 아니지만, 근처에 이성자 미술관, 롯데몰, 토지주택 박물관등 가 볼 만한 곳이 있습니다.

진주에서 일주일 이상, 한달살기 한다면, 이틀 정도 묵으면서 근처 여행지를 돌아보기에 좋고, 한달살기 가능한 호텔들에 투숙하면서 여행해도 좋은 곳입니다.

호텔 중에도 위치가 좋은 뉴라온스테이 호텔

혁신도시에는 저렴하면서 조건 좋은 호텔들이 많은 것 같습니다. 뉴라온스테이, 라온스테이 외에 다른 호텔들도 걸어서 갈 수 있는 거리에 있었습니다. 뉴라온스테이 호텔은 바로 버스정류장 앞에 있어서, 뚜벅이 여행자에게 매우 좋았습니다. 택시를 이용할 때도 롯데몰이 앞에는 항상 택시가 있는 점도 편리합니다.

넓은 방, 테라스, 신축같은 건물 쾌적한 침구

뉴라온스테이 호텔은 가격 대비 방이 크고 테라스가 있어서 개방감이 좋습니다. 방에는 테이블과 책상이 다 있어서, 도시락도 먹고 블로그를 쓰기도 좋았습니다. 침구도 괜찮고, 방음도 잘되고, 다 좋은데, 이 호텔도 역시 원룸을 호텔로 바꾼 것 인지, 조명 컨트롤 패널이 침대 사이드에 없습니다. 싱크대가 있었던 점은 오히려 편했습니다.

다 좋은데, 청소 상태가 2% 부족해

이 호텔의 치명적인 단점은 청소 상태였습니다. 어디 쓰레기가 쌓여 있다던가 막 더럽다거나 하지는 않은데, 퀄리티에 비해서 청소 상태가 너무 별로 였습니다. 일단 카페트가 더러웠습니다. 보통 호텔에서 슬리퍼 안 신고 맨발로 다니는데, 여기는 찝찝해서 슬리퍼 신고 다녔습니다. 얼룩지거나 하지 않았는데 먼지가 많았습니다.

도착하자마자 커튼에 손톱만한 초콜릿 같은 것이 붙어 있어서, 청소를 부탁드렸습니다. (왠만하면 제가 치우는데, 벌레일까 무서워서 부탁드렸습니다.) 에어컨 리모컨은 더러웠고, 물티슈로 닦아서 썼습니다. 충격적인 것은 새것처럼 생긴 에어컨에서 오래된 버스 냄새가 났다는 점,

눈으로 보면 왠만한 4성 호텔급은 되는 것 같은데, 약간 찝찝했다는 점. 잘 지냈지만, 덜 덥기도 했고, 에어컨은 조금만 이용했습니다. 청소를 부탁드렸더니, 친절하게 방을 바꿔주신다고 하셨지만, 짐이 많아서 방은 못 옮겼습니다, 감사했습니다.

조식이 마음에 들어서 아침이 개운

조식은 매우 마음에 들었습니다. 한식으로 깔끔하게 잘 나옵니다. 저는 아침은 한식으로 잘 안 먹어서, 베이컨 샐러드, 과일이 잘 나와서 행복했습니다. 4일동안 똑같이 먹어도 행복했습니다. 혼자 먹는 조식도, 창가에 앉아서 먹으니 아침이 개운했습니다.

가성비로 치면 최고였던, 뉴라온스테이

이 가격에 이 시설이면 쾌적하고 좋습니다. 뉴라온스테이 호텔 바로 옆에 라온스테이 호텔도 있습니다. 가격 차이도 적어서 어떤 곳을 예약할까 고민했습니다. 뉴라온스테이는 유인호텔, 라온스테이는 무인으로 운영된다고 합니다.

유인으로 운영되는 뉴라온스테이가 조금 더 가격이 비싼 편입니다. 무인 운영되는 라온스테이도 괜찮을 것 같습니다. 두 호텔 모두 장박 프로그램을 운영한다고 하니, 비지니스나 여행으로 장기투숙이 필요하신 분들은 호텔에 문의 하시면 될 것 같습니다.

남은,
삼천포 이야기

숙제로 시작된 삼천포 여행

전 국민이 자꾸 빠지는 삼천포, 순전히 삼천포라는 이름 때문에 여행하기로 마음 먹었습니다. 아쉽게 삼천포는 이제 사천이 되어 있었습니다. 전 국민의 삼천포를 없애다니 너무 한 것 아닙니까? 그럼 이제 우리는 사천으로 빠져야하나요?

삼천포로 빠지는 이유

삼천포는 작은 항구도시입니다. 삼천포와 사천시가 통합되어, 95년에 이미 사천시가 되었다고 합니다. 잘나가다 삼천포로 빠진다. 왜 삼천포로 빠지는 궁금했는데. 삼천포 분들도 이유를 모릅니다.

위키피디아에서 찾아보니,

기차에서 졸아서 사천 가려다 삼천포로 빠진다.

옛날 장사꾼들이 진주 가려다 길을 잘 못들어 삼천포로 빠졌다.

통영 가려던 배들이 뱃길을 잘못 들어 삼천포로 빠진다

이렇게 추정하고 있습니다. 최초로 삼천포로 빠진다는 표현이 1920년대 신문에서 발견되었다고 합니다.

삼천포 사람들은 싫어한다는 이말

'잘나가다 삼천포로 빠진다'는 표현을 싫어했다고 합니다. 드라마 시크릿 가든에서는 잘나가다 삼천포로 빠진다를 대사로 썼다가 정식으로 사과했다고 합니다.

이제는 삼천포로 빠지고 싶어요

이제는 시대가 바뀐 것 같습니다. 전 국민이 하루에도 몇 번씩 빠지는 삼천포라면, 여행하지 않을 수 없습니다. 잘 나가든 못 나가든 삼천포로 빠져달라고 해야 하는 시대 아닙니까? 삼천포를 돌려주십시오. 잘나가다 사천으로 빠질 수는 없습니다

삼천포에서도 일단 버스로 이동해 봅니다. 출발하고 10분도 안 지난 것 같은데 바다가 나옵니다. 항구의 풍경도 다르고, 바다의 모습도 완전 다릅니다. 당장 내리고 싶지만, 먼저 케이블카를 타고 다른 곳을 돌아보려고 참아봅니다.

현지인 추천 여행지

게스트하우스 사장님이 추천해 주신 사천 대방진 굴항을 가장 먼저 둘러보러 갔습니다. 아무 정보없이 이름만 알고 출발했습니다.

대방진 굴항? 이름을 아무리 듣고, 도착해서 만나게 된 풍경을 봐도 여기가 뭐 하는 곳인지 모르겠는 이상한 곳에 도착했습니다. 수로가 이상한 모양으로 생겼는데 아름답습니다.

왜 이곳을 추천해주셨는지 알만합니다.

사천 대방진 굴항

대방진 굴항은 대방진에 있는 굴항 입니다. 굴항이라는 이름이 생소한데, 채굴과 같은 '파내다 굴(掘)' 자입니다. 대방진에 있는 파내서 만든 항구라는 뜻입니다. 일종의 피항 시설이기도 하고, 배가 숨어서 방어하는 배를 위한 방호시설 입니다. 일본군의 빈번한 침략을 막기 위해서 만든 것을 현재에 복원했다고 합니다.

대방진 굴항 바로 옆에는 오래된 나무가 쓰러지는 것을 막기 위해서 구조물을 만들어 두었습니다. 큰 나무도 멋있고, 굴항도 신기해서 기분은 거의 최고였습니다. 삼천포로 빠진 것 만으로도 묘한 해방감이 들었습니다.

이상하게 너무 아름다웠던 굴항

대방진 굴항이 규모가 그렇게 큰 시설은 아닌데, 큰나무가 많고,

풍경이 색달라서 아름답습니다. 낯설은 풍경이라서 눈이 이상한 것도 같고, 오래된 나무가 많아서 아무렇게나 사진을 찍어도 그림입니다. 거북선도 피항시켰다는 말이 있던데, 생각보다 규모가 그렇게 크진 않습니다.

요즘에도 태풍을 대비해서 이렇게 바다 안쪽으로 피항 시설을 만들기는 하는데, 대방진 굴항 같은 오래전에 만든 피항 시설은 처음 봤습니다. 사진으로 구조가 잘 표현이 될지 모르겠습니다. 사진으로 잘 이해가 안된다면, 삼천포 방문하시면 됩니다.

이제, 1분만 걸어나가면 바다가 보일 것 같습니다. 마침 삼천포에서 알게 된 언니가 아침 도시락을 싸주셨는데 여기서 먹고 가야겠습니다. 사람도 없고, 날씨도 선선하고, 풍경도 완벽합니다.

그러나 계획대로 되지 않는 것이 여행입니다.

삼천포에서 눈도 못 뜬 고양이를 만난다면
여행 중 도움이 필요하면 120

눈도 못 뜬 고양이를 발견

밥을 먹을 만한 벤츠를 찾던 중, 흙길 한가운데에 쥐가 꿈틀거려서 깜짝 놀랐는데, 쥐만한 고양이였습니다. 흙을 먹어서 입안은 흙으로 가득하고, 눈도 뜨지 못한 새끼입니다. 사람도 안 지나다니고, 이렇게 우는데 어미가 있었으면 벌써 왔을텐데 두고 갈 수 없는 상황입니다. 근처에 다른 새끼도 없습니다.

어미가 못 물고 갈만한 크기가 아닌데 큰일입니다.

사라져도 아무도 모를 작은 생명

고양이를 키워봐서 익숙하지만, 이렇게 작은 새끼를 본 적은 처음이라 당황했습니다. 제주도라면 보호소도 알고, 가까운 병원도 알고 데려가도 되니까 괜찮은데, 머리가 하얘졌습니다. 고양이를 살리려는 마음이라기보다, 눈앞에서 생명이 꺼지는 것을 두고 볼 수 없어서 였습니다.

당황해서 생각 나지 않던, 유기동물 보호소

일단, 근처에서 조개 까시던 할머니들께 데려가서 좀 맡아 주시면 안 되느냐 물었는데, 그냥 두지 뭐하러 가져왔냐 타박하십니다. 아무 생각도 나지 않아서, 당근마켓에 글과 연락처를 올리고, 근처 동물병원에 시 보호소를 문의 했습니다. 당황하지 않았다면, 시 보호소 번호를 아시느냐 물었겠지만, 당황하니까 구구절절 이상하게 설명해서 잘못 전달 되었나 봅니다. 모른다는 답만 돌아옵니다.

시에서 운영하는 보호소가 겨우 생각나서 번호를 검색하는데, 전화번호를 알아내기가 어렵습니다.

유기 동물 보호소의 적극적인 도움

정부에서 운영하는 유기 동물 보호소, 이 단어가 왜 그렇게 생각이 안 났을까요? 차도 없고 지리도 모르는 상황에서 유기 동물 보호소까지 가기 어려운 상황,

다행이 사천시 유기 동물 보호소에서 적극적으로 연락을 취하셔서, 근처의 카페에 맡길 수 있도록 해주셨습니다. 감사했습니다.

유기 동물 보호소에 가면 일정 기간 후에 안락사되는 것은 알지만, 여행 중에 제주도 집까지 데려오기에 고양이가 너무 약했고, 숙소는 게스트하우스였습니다. 당장 죽지 않고, 살아볼 기회라도 주기 위한 최선의 방법이었다고 변명하고 싶습니다.

소리내어 말하지 않았지만, 살아줘고마워

두고 가라고 하셨던 할머니들도, 이리저리 전화를 하고, 데려갈 곳을 마련했다는 사실을 아시고 칭찬해주셨습니다. 어찌나 환하게 웃어주시던지, 쉽게 생명을 거두기 힘든 무거운 마음이 이해가 됩니다.

눈앞에서 사라진 걱정, 미안해

그렇게 근처 카페에 고양이를 맡겼습니다. 혹시 매장에 들어가면

폐가 될까 싶어 기웃거리는데, 거리낌 없이 손님이 있어도 들어오라고 하십니다. 카페 사장님처럼 당당하게 생명을 지켜주지 못하고 맡기고 가서 죄송하지만, 커피도 받고 칭찬도 받았습니다. 연락처도 주셨는데, 어찌 되었느냐 보고 받는 것 같아서, 넘기고 말았습니다. 그 이후에는 제주 가는 배를 탄다고, 또 중요한 일을 해결한다고, 감사하다는 문자도 안 하고 지금까지 잊고 있었습니다. 어떻게 그런 일을 잊을 수 있는지 자책이 듭니다.

그 고양이는 눈앞에서 사라진 걱정쯤이었나 봅니다. 이유가 어떻든 좋은 분들을 만났으니 부디, 보호소에 가지 말고 좋은 주인을 만났길 기도해봅니다. 다음번에 삼천포에 들렀을 때는 인사라도 가야 겠습니다.

여행으로 나는 성장했나? 또 다른 숙제

나무 아래서 아침을 먹으려다가, 대방진 굴항을 다 둘러보지도 못

하고, 고양이를 안고서 정신없는 오전을 보냈습니다. 고양이를 데려다 주고 나니, 혼이 쏙 빠지고, 정신이 하나도 없었습니다.

배는 안 고팠지만, 집 나간 정신을 차리려고 아무 벤치에 앉아 아침을 먹었습니다. 이 도시락을 싸준 언니는 오늘을 예상이라도 한 듯이 하트 도시락으로 위로해줍니다.

삼천포 여행 첫날부터, 여행은 새로운 숙제를 냅니다.

사천시 유기 동물 보호소 : 사천시 용현면 신복리 493-7번지,
사천시농업기술센터 (055-831-3768)

제주 유기 동물 보호소 : 제주 제주시 첨단동길 184-14 (064-710-4065)

여행 중에 관광,민원등의 문의 사항이 있으면 120으로 전화하시면 됩니다.

그외의 지역도 유기동물을 발견했을 때는 〈지역번호-120〉으로 문의해서, 보호소 전화번호나, 상황을 설명하시면 좋을 것 같습니다.

동물을 입양하신다면,

지자체마다 유기동물 입양 혜택이 다르기는 하지만, 유기동물 입양하면 혜택을 줍니다. 초기 미용비, 진료비, 중성화 비등을 지원해 줍니다.

무려 공짜로 예쁘게 미용하고, 중성화까지 한 후 우리집에 올 복덩이 강아지 고양이들을 입양할 수 있습니다. 새끼동물도 많고, 품종견도 골라서 입양할 수 있습니다. 우리집 강아지는 보호소에서 데려온 것은 아니지만, 빵!까지 다 배워서 왔습니다.

운명적 사랑이 되어줄 강아지, 고양이는 사는게 아닙니다.

• • •

이 이야기를 쓰려고 마음을 먹자마자, 제 마음과 머리는 부끄러운 행동을 숨기고 싶어 스스로를 속이려고 부지런히 노력하고 있는 것을 발견했습니다.

고양이를 살리는 것보다, 고양이가 내 앞에서 죽지 않는 것이 더 중요한 마음, 까맣게 잊어버리고만 감사 인사, 10일이 지나고 나면, 안락사하게 되는 보호소로 보낸 것. 모든 것이 찜찜하고, 부끄러워 뭔가 다른 이야기를 써가고 있는 저를 발견했습니다. 최선을 다했다고는 생각합니다만, 정말 고양이를 살리는 행동이었느냐에는 100%라고 대답은 못 하겠습니다.

제주에도 생각보다 여행 중 유기 동물이나 다친 동물을 발견하시는 분들이 계십니다. 당연히 당황하실 것이고, 상황도 다 달라서 현장을 지키지 못하는 상황이 많은 것도 이해합니다.

그런 상황을 맞을지도 모르는 분들을 위해서 부끄러운 저의 모습까지 숨김없이 기록했습니다.

고양이는 임보처에서 잘 자라고 있다는 소식을 나중에 감사 인사하러 가서 들었습니다.

여행의 마법

여행은 아무리 계획을 촘촘하게 짜도 돌발 상황이 생깁니다. 어떤 일이 생길지 예측이 불가능할 뿐 아니라 우연을 만나러 가는 길이 여행입니다. 우연한 시간과 우연한 공간 우연히 만난 사람들과의 이야기가 여행의 마법입니다. 여행은 어떤 형태이든, 어디로 가든 모두에게 여행의 마법을 보여줍니다. **마법같이 아름다운 특별한 순간의 풍경일 수도 있고, 가장 외롭고 어색했던 순간에 함께 커피한 잔 나눌 친구일 수도 있고, 아니면 생각하지 못한 곳에서 만난 맛집일 수도 있습니다.** 진심으로 여행의 마법을 믿고 그것이 여행을 하는 이유라고 믿습니다.

믿고 말하면 이뤄집니다.

삼천포, 진주 여행의 마지막 날은 커피도, 아침도, 저녁도 얻어 먹었습니다. 우연히 만난 '겨우 일주일을 산 고양이'가 커피를 사줬고, 삼천포에서 '생전 처음 본 다정한 언니'는 아침 도시락을 선물해줬습니다. 저녁 시간 문 닫은 식당만 골라서 데려다 달라는 여행자에게, '택시기사님'은 저녁을 사 주셨습니다.

마지막 날은 이상하게 한끼도 제가 사먹을 수 없는 날이었습니다. 고양이를 데려다 준 이후, 보통의 여행자로 돌아가서 케이블카도 타고, 관광지도 가고 별일없이 하루를 보냈습니다.

배를 타러 가기 전에 저녁이나 먹고 가려고 택시를 잡아탔습니다. 맛집으로 소문난 식당으로 향했는데, 문이 닫혀 있습니다. 조사해 놓은 다른 식당도, 또 다른 식당도 문이 닫혀 있었습니다. 자꾸 문 닫힌 식당만 데려다 달라는 손님이 불쌍했는지 택시 기사님이 근처 식당으로 데려가시더니 밥을 사주십니다. 혼자 여행하는 여자 여행자를 편하게 해주시려고 부인분도 부르셨습니다. 택시기사님 부부와 손님이 밥을 먹고, 동네 사람들과도 우연히 만나 왁자지껄 저녁을 먹었습니다. 현실에서 일어나지 않을 것 같은 상황, 그런 일이 여행에서 일어납니다.

저한테 왜 이러시는 걸까요?
여행에 마법이 걸려 눈물이 납니다.
몇 년을 여행자로
어느 세상에도 속하지 못하고
외부인으로, 주변인으로 살아왔습니다.
같이 살아가자며, 손잡아주셔서 감사합니다.

그저, 어디서 왔고 어디를 여행했고, 어디에 살고 같은, 특별할 것 없는 이야기를 하면서 식사했습니다. 말로 다 하지 않아도, '세상은 이렇게 친절한 곳이다.' '살아가다 보면, 친구도 생기고, 서로 돕기도 하게 된다.' '어렵고 복잡한 세상에 모두 따로 살고있는 것 같지만, 같이 저녁 먹고 행복하게 떠드는 시간을 보내면서 같이 사는 것이다.' 그렇게 몸소 보여 주시고, 마음의 소리로 말씀해주셨습니다.

그렇게 여행에서 만날 수 있는 가장 마법 같은 시간을 만났습니다. 단지 밥을 사주셔서 행복해진 것은 아닙니다.

맺음말

여행은 당신에게 어떤 의미인가요?

보통은 일상을 살면서, 휴식으로 여행을 다녀옵니다. 가끔 여행은 현실에서 도망칠 공간이기도 하고, 꿈꾸던 일을 이루는 순간이 되기도 합니다. 저는 어느 순간 일상을 잃고, 여행만이 일상이 되었습니다. 사실 여행은 힘든 일상이 나를 단단히 붙잡고 있을 때, 의미있고, 휴식이 됩니다. 일상을 잃어버린 여행자는 여행에서 의미를 찾으면서 삶의 의미를 붙잡아 봅니다.

맺음말을 대신해서, 진주 여행을 마치고, 집으로 돌아가는 배 안에서 적은 글을 가져왔습니다.

＊＊＊

집으로 돌아가기 위해 제주 여객선 오션비스타호에 탑승했습니다. 오션비스타호가 삼천포에서 제주로 돌아갈 때는 밤 11시에 출발합니다. 승객들은 제주에 놀러 가는 사람과 화물차 기사님이 대부분입니다. 배 안에는 여행의 흥분이 흘러 넘칩니다. 일상을 벗어난 해방감과 여행의 설렘 같은 것으로 가득 차 있습니다. 아무리 그래도 저녁 11시에 출발하는 여객선은 쉽게 여행의 피로로 뒤덮입니다. 오늘을 위해서 업무를 몰아친 사람도 있겠고, 밤새워 짐을 싸거나, 여행 계획을 세우기도 했을 것입니다. 마루형 3등실은 이제 불도 끄고 다들 누워 취침모드 입니다.

여행을 마치고 돌아가는 저는 잠이 오지 않아서 나왔습니다. 일주일간의 짧은 여행일 뿐인데, 온갖 복잡한 마음을 정리하려고 6층 창틀에 앉아 있습니다.

진주, 삼천포 여행 후기를 두서없이 정리해 보려고 합니다. 무슨 말을 하고 싶은지, 어디서부터 이야기를 해야 할지, 정말 모르겠으나,

일단은,

오늘은 이상한 날이었습니다.

이번 여행도 확실히 이상한 여행이었습니다.

코로나 이전 몇 년 동안을 장기 여행을 하면서 외부인, 주변인, 관찰자로 떠돌았습니다. 언제나 제 변명은 '난 여기 속한 사람이 아니야' 였던 것 같습니다. 사실, 여행을 한 것도 아니었습니다. 떠돌았을 뿐, 그런 지난날이 억울해서였는지, 열심히 여행을 정의하고 의미를 찾으려고 노력하는 중이었습니다.

이번 여행도 어린이날과 어버이날을 피하려고 계획했던 것. 진주행이 아니었다면, 간단한 호텔을 예약하고 피신해 있었을 것입니다. 그래서 여행이라기보다는 잠시 '자리 비움' 정도가 더 알맞을 것 같습니다. 피신을 위해 시작한 여행에서 만나는 사람들은 너무도 열심히 일상을 살고, 따뜻했습니다.

아름다운 풍경보다도, 아름다운 인생을 더 많이 보게 된 국내 여행에서 드디어 외부인이 아니고 세상 안으로 들어올 수 있다는 느낌을 받았습니다. 가볍게 건네는 인사와 혼자 다니는 여행자를 그냥 보내기 아쉬워 전해주는 이야기, 조언들이 저의 손을 잡아 다시 세상 속으로 불러들여 주었습니다.

코로나 이후 다시 떠날 날만 기다리며, 잠시 멈춤 상태로 살아왔습니다. 국내 여행을 하면서, 다시 우리 세상으로 돌아왔습니다.

여행은 집이 가장 좋은 것을 알기 위해서 떠나는 것이라는 유머를 들었는데, 정말입니다.